SCHNEEFLOCKEN KÜSSCHEN

DAWN BROWER
ÜBERSETZT VON XENIA KLEIN

MONARCHAL GLENN PRESS

USA TODAY
BESTSELLING AUTHOR
Dawn Brower
CAPTIVATING ROMANCES THAT TRANSCEND TIME

Dieses Buch ist für alle, die an Magie und eine zweite Chance auf Liebe glauben. Ich hoffe, Sie genießen Schneeflocken Küsschen. Mack und Meghy lieben den Winter aus ihren eigenen Gründen und fanden ihr Glück, indem sie das Leben umarmten und einen Vertrauensvorschuss machten. Manchmal ist das alles, was man braucht, um zu entdecken, was man will und was man bereit ist, zu tun, um es zu erreichen. Glauben Sie einfach an die Möglichkeiten.

SCHNEEFLOCKEN KÜSSCHEN

Die Farbe meines Herzens läuft blau
Gebrochen vom Verlust von dir
Du hast mich verstanden
Und alles, was ich sein konnte…

Keine Liebe könnte jemals mehr wahr sein
Als die zwischen mir und dir
Schneeflocken flattern umher
Mit der Abwesenheit von Ton

Träume sind aus
Glück und Liebe
Schneeflocken Küsschen
und unerschütterliche Glückseligkeit…

Du hast mich verstanden
Und alles, was ich sein konnte…

KAPITEL EINS

Weihnachtsdekorationen funkelten mit den glänzenden Lichtern an jeder Straßenlaterne der malerischen Hauptstraße des Dorfes. Schneeflocken fielen langsam vom dunklen Himmel hinunter und bedeckten alles. Um sechs Uhr abends begannen Glocken einer nahe gelegenen Kirche zu läuten. Menschen gingen durch die Straßen und unterhielten sich fröhlich voller Vorfreude auf die Weihnachtszeit. Es sollte ihn alles mit Freude erfüllt haben, aber das tat es nicht. Die Stadt hinterließ eine Mischung aus Nostalgie und Entsetzen in seinem Mund. *Was mache ich hier?*

Sein Stellvertreter dachte, es wäre eine gute Idee, in seine Heimatstadt zurückzukehren, um zu entspannen-zu heilen. Mack Taylor wollte alles andere tun, als zurück nach Suttons Bay zu gehen. Die Erinnerungen sollten gut sein. Seine Kindheit war nicht schlecht und bis zu den Monaten, wenn er wegging, liebte er seine Heimatstadt. Sein Erfolg war sein Anker und sein Weg, um zu beweisen, dass manche Träume wahr werden können. Der Erfolg kam zu ihm nicht auf einmal, sondern musste er seinen Weg nach oben klettern. Nun, war er hier, obwohl er sich weigerte, zurückgeschickt zu werden, würde diese schmerzhafte Tat auf keinen Fall seinen Rücktritt bedeuten.

Er ging langsam die Straße hinunter in Richtung des einzigen Gasthauses, das in der kleinen Stadt zu finden war, nämlich Hillside Homestead. Es war ein Bauernhaus aus dem frühen zwanzigsten Jahrhundert, das sich in ein Gasthaus verwandelte. Die Eigentümerin hatte darauf geachtet, dass das Gasthaus genau seiner Bauzeit entspricht. Sie war zufällig auch die Tante von Mack und nur eine lebende Verwandte.

Hillside Homestead lag am Rande der Stadt auf einem hohen Hügel. Es war steil an einem schönen Tag hochzuklettern und an einem verschneiten-zehn mal schlimmer. Er hasste es und liebte es, als er aufwuchs. Für einen kleinen Jungen war es der beste Schlittenhügel, der zu finden war, und für einen Teenager ergab es immer ein Problem, wenn er von Zuhause wegzuschleichen versuchte. Seine Tante hatte ihn jedes Mal erwischt und doch versuchte er es immer wieder. Jetzt mit seiner Beinverletzung hasste er den verdammten Aufstieg mehr denn je. Er hielt einen Augenblick an, um die schmerzende Stelle an seinem Oberschenkel zu reiben.

Mack wanderte durch den Schnee, bis er die Veranda erreichte. Das Licht in der Küche begrüßte ihn und sagte ihm alles, was er zu wissen brauchte. Seine Tante war zu Hause und bereitete wahrscheinlich Backwaren für das Frühstück am nächsten Morgen vor. Sie war stolz auf ihr hausgemachtes und originalgetreues Essen. Er sollte hereingehen und ihr sagen, dass er zu Weihnachten nach Hause kam. Sie flehte ihn seit Jahren an, zurückzukehren, aber er gab ihr immer wieder Ausreden, warum er es nicht konnte. Ehrlich gesagt hatte er einen Grund, wegzubleiben, und solange es noch in Suttons Bay blieb, sorgte er dafür, dass er möglichst weit weg von diesem Dorf ist.

Er schob seine Hände in seine Jeanstasche und seufzte. Alles, was er dabei hatte, war ein Rucksack mit ein paar Kleidungsstücken und sein Geldbeutel. Sein Stellvertreter hatte dafür gesorgt, dass er nach seiner Ankunft aus der Stadt nicht mehr entkommen konnte. Während Ben dachte, dass es ihm genug Erholung bringen würde, steckte Mack in der Stadt, in der er aufgewachsen war. Ben dachte, er tut ihm einen Gefallen. Sein Stellvertreter wusste nicht, dass er ihn zwang, den Geistern seiner Vergangenheit zu begegnen, die er lieber vergessen würde. Er machte sich auf den Weg zur Haustür und öffnete sie. Hitze umwickelte ihn sofort, als er hineintrat. "Tante Rose", rief er.

"Mack?" Sie eilte in den Raum und wickelte Ihre Arme um ihn in einer engen Umarmung. "Warum hast du mir nicht Bescheid gegeben, dass du kommst? Ich hätte etwas Besonderes zubereitet oder dafür gesorgt, dass dein Zimmer frisch ist."

Darauf konnte er sich immer verlassen-seine Tante hatte immer ein Zimmer für ihn. Wenn er an seinem Vorhaben gescheitert wäre, hat er gewusst, dass er zu Hause immer willkommen geheißen würde. Er war so froh, dass er nicht zurückkommen musste-bis jetzt.

"Das war nicht geplant", sagte er. "Ich bin in einem Zwangsurlaub."

Tante Rose trat zurück und schaute ihn aufmerksam an. "Was ist los?" Sie runzelte die Stirn, als sie ihn anstarrte. Er öffnete den Mund, um zu erklären, konnte aber kein Wort herausbringen. Sie würde wütend sein, wenn er ihr von dem Unfall erzählen würde. Es war kein Allgemeinwissen. Ben hatte sich um alles gekümmert, dass es so aussehen würde, als ob in Macks Welt alles in Ordnung wäre. Niemand außer Ben und den Ärzten wusste die Wahrheit. Tante Rose legte ihre Hände auf die Hüften und stampfte mit dem Fuß auf den Boden. "Sag es mir jetzt", forderte sie.

"Kann ich nicht nach Hause kommen, nur um meine Lieblingstante zu besuchen?"

"Ich habe dich großgezogen", beschimpfte sie ihn. "Mich kannst du nicht täuschen. Ich habe dich zu lange angefleht, nach Hause zu kommen, um diesen Quatsch zu glauben." Sie kippte den Kopf zur Seite und kniff die Augen verdächtig zusammen. "Hast du dein ganzes Geld verloren und hast nirgendwo zu gehen? Warum habe ich kein Auto anhalten hören?"

Tante Rose würde nicht aufgeben. Er müsste sich bekennen und es hinter sich bringen. "Ich bin hierher nicht alleine gefahren." Das war die Wahrheit. "Mein Fahrer hat mich in der Stadt abgesetzt. Ich wollte durch die Straßen gehen und sehen, was sich geändert hat, seit ich das letzte Mal hier war." Nicht die ganze Wahrheit... Er brauchte ein wenig Zeit, bevor er es ihr gestehen konnte. Er war immer noch nicht sicher, was er bei diesem Besuch tun oder sagen sollte.

"Wie lange bleibst du?"

Das war eine schwierige Frage. Er wusste wirklich nicht, wie lange Ben ihn in Suttons Bay stranden lassen würde. "Solange du es mit mir aushältst."

"Dann gehst du nie wieder weg", sagte sie. "Abgemacht. Ich könnte ein paar Hände gebrauchen, um mir hier zu helfen. Es muss immer etwas repariert werden."

Er lachte. "Ich bin bereit zu arbeiten, wenn du mich brauchst". Einige Dinge änderten sich nie und andere Dinge entwickelten sich zu etwas neuem. Auf Hillside und seine Tante würde er sich jedenfalls immer verlassen können. Er sollte wirklich viel früher zurückkehren, als er es tat.

"Hast du sie gesehen?" fragte Tante Rose.

"Wen?" Er tat so, als wüsste er nicht, von wem sie sprach. Vor allem als sie die Fragen stellte, schwebten Bilder von ihr durch seinen Geist. Ihr zimt goldenes Haar, honig farbigen Augen, diese üppigen roten Lippen und köstlicher Körper. Er hatte sie geliebt, seit er fünf Jahre alt war, und sie war seine beste Freundin. Mack konnte sie nicht vergessen oder sich selbst verzeihen, dass er ihr all die Jahre weh getan hat.

"Spiel nicht dumm", warf ihm Tante Rose vor. "So viel Zeit ist vergangen—sie hat dir vergeben. Du solltest dir verzeihen und zu ihr gehen."

"Ich kann nicht", antwortete er traurig. "Manche Dinge sollten nicht vergeben werden."

Er schloss die Augen und kämpfte mit den Gefühlen, die er lange unterdrückte. Bei den zahlreichen Erinnerungen, die ihn bombardierten, fiel es ihm schwer. Vielleicht sollte er seiner Tante die Wahrheit sagen. Wenn sie die ganze Geschichte wüsste, würde sie ihn nicht zu seinem ehemaligen Freund drängen.

"Ich glaube das nicht und tief in deiner Seele glaubst du das auch nicht", sagte sie leise. "Meghy liebt dich."

Daran wollte Mack nicht denken. Der Schmerz war zu groß und stach ihm in sein gebrochenes Herz. In diesem

Augenblick traf er eine rasche Entscheidung. "Es gibt etwas, wovon ich dir nicht erzählt habe."

"Oh?" Sie hob eine Augenbraue. "Irgendwie überrascht mich das nicht. Lass uns in die Küche gehen und du erzählst mir, was in deinem Leben vor sich geht. Ich habe nicht gedacht, dass es ein unbelasteter Besuch ist."

Mack tat, was sie ihm sagte und folgte ihr. Sie ging zur Theke und fing an, Teig zu kneten, den sie vorher ausgelegt hatte. Das Schweigen war ihre Art, ihm zu sagen, dass sie bereit ist ihm zuzuhören, sobald er beschließt zu reden. Seine Tante hatte ihn aufgenommen, nachdem seine Eltern bei einem Unfall gestorben waren, als er fünf war. Er kannte sie genauso gut wie sie ihn. Sie hatten eine Bindung, die sich durch die Trauer bildete.

"Ich habe nicht gut geschlafen." Seit er Suttons Bay verlassen hatte, war er nicht mehr in der Lage, drei oder vier Stunden durchzuschlafen. Träume verfolgten ihn jedes Mal, wenn er seine Augen schloss. "Der Arzt verschrieb mir etwas, was mir dabei helfen sollte."

"Wahrscheinlich sind es all diese späten Nächte und das Singen vor großen Scharen von schreienden Fans."

Das traf teilweise zu. Die Aufmerksamkeit der Fans machte ihn einfach glücklich. Es gab nichts anderes, wie dieses Gefühl, und er würde nie in der Lage sein, es zu erklären. Er wollte immer singen und er liebte, was er tat. Aber seine Berufswahl war nicht die Ursache seiner Schlaflosigkeit. Das hat er seiner Tante nicht erklärt. Da war noch etwas, was sie wissen musste. "Ich habe angefangen, im Schaf zu wandeln. Die Medikamente haben auf mich eine seltsame Wirkung. Ich kann mich daran nicht erinnern und ohne die Überwachungskameras in meinem Haus hätte ich keine Ahnung davon."

Sie hörte auf, den Teig zu kneten und sah ihn an. "Wirklich? Das muss komisch gewesen sein."

Er nickte. "Ich habe nicht viel darüber nachgedacht. Meistens war es harmlos ... Ich könnte im Bett einschlafen und auf der Couch aufwachen oder auf dem Boden in meinem Studio. Du verstehst mich wohl."

"Das tue ich", stimmte sie zu. "Hat sich etwas verändert, worum du dir Sorgen machst?"

"Das letzte Mal war gar nicht so harmlos ..."

Seiner Tante entging nichts und sie fragte: "Was ist passiert?"

"Es gab einen Unfall ..."

Sein Schlafwandel setzte sich fort bis zum Autofahren. Er konnte sich daran nicht erinnern und es gab keine Videoaufnahme, die ihm helfen würde, es herauszufinden. Glücklicherweise hat er niemandem außer sich selbst in seinem durch Medikamente hervorgerufenen Zustand geschadet. Er hatte es geschafft, mit seinem Auto in einen Baum auf seinem Grundstück zu fahren. Der Gärtner hatte ihn am nächsten Tag gefunden. Der Knochen in seinem linken Bein war an drei Stellen gebrochen. Er hatte drei Operationen gebraucht und der Gips musste mehrmals angelegt werden, während es monatelang heilte.

"Du warst verletzt und hast es mir nicht gesagt?"

"Tut mir leid ..." er schloss die Augen und atmete tief durch. "Es war mir peinlich."

"Bitte sag mir, dass du diese Schlaftabletten nicht mehr nimmst."

"Seit dem Unfall hatte ich keine mehr." Es hatte ihn sinnlos erschreckt. "Ich habe auch seit Monaten nicht mehr viel tun können. Ich fürchte, ich habe all meine Inspiration verloren und dabei sollte ich ein neues Album aufnehmen."

"Bist du deshalb hier?"

Ben dachte, es wäre Zeit, sich seinen Dämonen ein für allemal zu stellen. Wenn er sie austreiben könnte, könnte er vielleicht zu seiner Musik zurückkehren. Wenn nicht, ist seine Karriere vorbei. Er wollte Meghy nicht sehen. Er hatte gehofft, sie für den Rest seines Lebens zu vermeiden. Leider hatte das Schicksal andere Pläne für ihn. Er müsste mit ihr Frieden schließen und hoffen, dass Tante Rose recht hatte. Wenn sie ihm schon vergeben hätte, wäre er einen Schritt näher dran, seine Motivation zu finden, um wieder Musik zu machen.

"Das ist, was ich hoffe ..."

"Dann bleib so lange du willst. Vielleicht hast du deine Muse hier gelassen, als du gegangen bist."

Mack hoffte nicht, denn sonst war er verurteilt. Wenn er Meghy brauchte, um wieder zu produzieren, könnte er es nie wieder tun. Er würde für immer in der Leere gefangen sein, in der er sich befand. Am Morgen würde er sie aufsuchen und sich für seinen nächsten Schritt entscheiden. Bis dahin würde er es sich in Hillside gemütlich machen.

"Brauchst du Hilfe?" er deutete auf den Teig.

"Nein", sagte sie und schob den Teig zur Seite. "Geh in dein Zimmer und ruhe dich aus. Wir reden morgen weiter."

Er nickte und tat, was sie angewiesen hatte. Plötzlich rutschte die ganze Energie aus ihm weg. Ruhe klang ziemlich wunderbar. Wenn er nur schlafen könnte …

KAPITEL ZWEI

Meghy Watkins starrte auf ihren Computer und seufzte. Erschöpfung war zu einem festen Bestandteil ihres Lebens geworden und sie mochte es nicht. Wer würde es mögen? Irgendwie hatte sie es geschafft, sich zu überarbeiten und sah keine Erleichterung in Sicht. Sie tat es sich selbst an und konnte sich leider nicht davon abhalten lassen. Sie arbeitete unermüdlich jeden Tag, obwohl sie eine Pause oder sogar einen kleinen Urlaub vor Monaten genommen haben könnte. Sie musste nicht so hart arbeiten, wie sie es tat, als sie anfing, und dennoch hielt sie das gleiche strenge Tempo, mit dem sie begonnen hatte.

Ihre Karriere als Schriftstellerin war Spaß. Etwas zu tun, während Sie am Bett ihrer Mutter saß, zusah und betete, dass die Mutter ihre Augen öffnen wurde. Ihre Mutter hatte vor einigen Jahren einen Unfall gehabt, wofür sie sich die Schuld gab. Es hatte sie im Koma mit sehr wenig Chancen zum Aufwachen gelassen. Im ersten Jahr waren sie optimistisch, aber dann mussten sie sich der Realität stellen. Die Ärzte hatten keine Hoffnung, dass ihre Mutter jemals aufwachen würde, und somit mussten sie einige Entscheidungen treffen.

Am Anfang hatte sie alle ihre Wünsche und Träume in ihre Bücher übertragen. Diese Liebesromane enthielten alles, was sie vom Leben wollte, dachte aber nicht, dass sie es jemals haben würde. Nach dem Unfall ihrer Mutter nahm ihr Leben eine drastische Linkskurve, wie sie es sich nie vorgestellt hatte. Sie hatte gehofft, nach New York zu gehen und Hardcore-Journalistin zu werden. Sie wollte Skandale aufklären und in die politische Welt eintauchen. Stattdessen blieb sie zu Hause und schrieb Romane. Manchmal mussten Pläne geändert werden und Meghy war in gewisser Weise dankbar dafür. Sie liebte zu schreiben und es war egal, ob es ein Liebesroman oder ein bissiger Artikel in einer Zeitung war. Solange sie Worte zusammenfassen und ihr persönliches Meisterwerk schaffen konnte, würde sie immer glücklich sein.

Als Schriftstellerin konnte sie von überall her arbeiten, aber sie verließ Suttons Bay nie. Eines Tages würde sie vielleicht eine dieser glamourösen Schriftstellerinnen sein, die an exotische Orte reisten, um ihre Geschichten zu verweben. Leider war sie nicht bereit, die Welt zu erkunden und fand Sicherheit in den Grenzen ihrer Heimatstadt.

Sie brauchte eine Pause, um ihre Fantasie zu erwecken.

Sonst würde die Szene, an der sie zurzeit arbeitete, nicht die Magie haben, die sie haben sollte. So sehr sie es hasste, den Komfort ihrer gemütlichen Wohnung zu verlassen, musste sie manchmal eine Hose anziehen und in die reale Welt hinauswagen. Vader, ihr pingeliger Kater, rieb sein Gesicht an ihr Bein. Sein Schnurren hallte durch den Raum und war so laut, dass es das Summen eines Staubsaugers imitierte.

"Hallo, Kitty", sagte Meghy, als sie sich nach unten lehnte, um hinter seinen Ohren zu kratzen. "Willst du Aufmerksamkeit?" Sein Schnurren wurde noch lauter, als sie ihn streichelte. "Das gefällt dir doch, oder?"

Was passiert mit dieser Welt? Sie sprach regelmäßig mit ihrer Katze statt mit echten Menschen. Das Internet zählte nicht. Es war so einfach, sich dahinter zu verstecken und so zu tun, als hätte sie den Mut, gesellschaftlich zu kommunizieren. Sie war nie ein sozialer Schmetterling, aber zumindest vor ein paar Jahren war es einfacher. Das lag natürlich zum großen Teil daran, dass ihr bester Freund mit

Menschen gut umgehen konnte. Sein derzeitiger Ruhm sprach für sich. Er blühte in einer Menschenmenge auf und liebte es, bei anderen zu sein. Also zog er Meghy mit sich.

Sie vermisste ihn …

Zuerst hatte sie ihm die Schuld dafür gegeben, was mit ihrer Mutter passierte. Aber tatsächlich, es war niemand Schuld. Sie wollte nur ausrasten und Mack war ein gutes Zielobjekt. Es hatte ihre Freundschaft zerstört und sie hatte jahrelang nicht mit ihm geredet. Sie folgte seiner Karriere und applaudierte ihm, als er nicht nur Millionen von Fans gewann, sondern auch eine Grammy. Er war ein wirklicher Star. Sie dagegen hatte ihren eigenen Erfolg, aber es war ruhiger und passte ihr mehr. Sie hätte es gehasst, im Rampenlicht zu stehen.

Aus Gewohnheit zog sie mit der Maus in die Suchleiste und tippte seinen Namen ein, dann runzelte sie ihre Stirn über die Schlagzeile … Mack Taylor war abwesend in der Musikwelt. Sie klickte darauf und las es bis zum Ende. Er war seit Monaten nicht mehr gesehen worden und hatte seine bevorstehende Tour abgesagt. Was war mit ihm los? Sie knabberte an ihrer Unterlippe und machte sich Sorgen um ihren Freund. Sie wünschte, sie hätte den Kontakt zu ihm nicht verloren und ihn anrufen können. Warum hat sie ihn all die Jahre weggestoßen?

Meghy klickte auf ein Bild von ihm, sodass es sich über den Bildschirm erweiterte. Er war so schön, wie sie sich erinnerte. Sein dunkelbraunes Haar war auf dem Bild zerknittert und seine ozeanblaue Augen riefen zu ihr. Sie hatte ihn heimlich die meiste Zeit ihres Lebens geliebt, aber dachte nicht, dass sie eine Chance hatte, mehr als Freunde mit ihm zu sein. Ihr Herz war zerbrochen, als sie erfuhr, dass er weggeht. Sie hatte ihm das angetan-ihnen beiden. Er ging, ohne zurückzublicken und sich zu verabschieden. Sie hatte ihn für immer verloren und sie konnte nichts tun, um es zu ändern. Sie hätte es aber, wenn es möglich wäre.

Sie seufzte und minimierte den Bildschirm. Sein Bild anzustarren würde nichts ändern. Es war Zeit, sich aus ihrer melancholischen Stimmung herauszureißen und der Realität ins Gesicht zu sehen. Dies war nicht die Art und Weise, wie sie leben sollte, also musste sie einige Änderungen vornehmen. Sie verließ ihr Haus und unternahm einen Spaziergang in die Stadt. Von dort aus könnte sie in ein Café gehen und sich vielleicht mit den Einheimischen unterhalten.

Zurückgetreten, bereitete sich Meghy auf ihren Ausflug. Sie trug eine dünne blaue Jeans, einen langen roten Pullover und braune Stiefeletten. Dann zog sie ihren braunen Wintermantel, weißen Hut mit dem passenden Schal und Handschuhe an. Winterzeit in Suttons Bay war nicht die Zeit, um notwendige Kleidung zu vergessen. Wenn sie sich nicht warm anzieht, wird es bestimmt einen starken Schneefall geben. Sie hielt sich zurück, verließ ihr Haus und betete, dass sie ihre Entscheidung nicht bereuen würde.

~

MACK SCHOB SEINE HÄNDE IN DIE TASCHEN SEINES Ledermantels. Verdammt, er hatte vergessen, wie kalt es im Winter werden konnte. Das Leben an der Westküste hatte ihn verwöhnt. Er hatte nicht einmal daran gedacht, Handschuhe oder einen Schal zu kaufen. Zum Glück hatte seine Tante eine zusätzliche Mütze, die sie ihm gab, damit seine Ohren nicht frieren würden, als er durch den bitteren Wind ging. Der Ort, zu dem er wollte, war in Sicht. *Which Brew* war laut seiner Tante ein lokaler Treffpunkt. Sie hatten den besten Kaffee und verschiedene Mischungen zur Auswahl. Der Besitzer war einer seiner engen Freunde und Mack hatte ihm Geld geliehen, damit er sein Geschäft vor ein paar Jahren eröffnen konnte. Der erste Standort war in Los Angeles, aber Carl wollte einen in seiner Heimatstadt eröffnen. Bisher schien es erfolgreich zu sein. Carl reiste regelmäßig nach Los Angeles, um den Laden dort zu kontrollieren, entschied sich aber vor einigen Monaten, nach Suttons Bay zurückzukehren. Mack konnte ihn leider nicht regelmäßig besuchen. Das einzig gute an diesem erzwungenen Urlaub war, Carl sehen zu können.

Er öffnete die Tür und ging zur Theke. Sein Freund arbeitete mit Geschick an einer der Espressomaschinen. Einer der Baristen kam zu ihm und lächelte. "Kann ich Ihnen helfen?"

Das Mädchen erkannte ihn nicht. Dafür war Mack dankbar. Er wollte nicht, dass sich jemand aufregt, wenn er da ist. Die meisten Einheimischen würden ihn kennen und nicht zu viel aus seiner Anwesenheit machen. Einige aber würden es als eine Gelegenheit sehen, seinen Ruhm zu ihrem eigenen Nutzen zu machen. Er würde diese Typen lieber meiden, wenn er könnte. "Ich nehme einen schwarzen Kaffee, die Mischung spielt keine Rolle."

"Sei nicht lächerlich", sagte Carl. "Das ist der ganze Sinn dieses Ladens."

Mack grinste. "An deiner Stelle hätte ich keinen Kaffee, den ich nicht mochte. Ich vertraue deinem Geschick, Kaffee zu machen." Er betonte das Wort "Geschick", um es hervorzuheben.

Carl rollte seine Augen. "Gut. Ich mache dir eine Tasse und gebe dir eine persönliche Betreuung. Für wen hältst du dich denn? Mein Freund oder so?"

"Vielleicht", antwortete Mack fröhlich. "Der einzige, den ich habe."

"Setze dich und ich komme gleich."

Mack nickte Carl zu und fand einen leeren Tisch in der Ecke. Er hatte nicht viel Lust auf Geselligkeit und wenn er einen Platz näher zur Tür oder in der Mitte des Raumes fand, musste er ihn vielleicht nehmen. Er hatte immer noch nicht den Mut gefasst, Meghy zu besuchen. Carl schloss sich ihm mit einem dampfenden Becher in jeder Hand an. Er stellte einen vor Mack und setzte sich dann auf den leeren Platz. "Was machst du in Suttons Bay? Ich dachte, du hast geschworen, nie zurückzukommen."

Dazu hatte er einmal etwas gesagt. "Es war Zeit."

"Genau so hast du das entschieden. Etwas hat sich geändert. Willst du mir was sagen?"

Mack schüttelte den Kopf. "Es ist so, wie ich sagte. Ich musste ein paar Geister austreiben. Es hat meine Arbeit beeinflusst und ich habe aufgehört, meine Fehler zu ignorieren."

"Hast du sie gesehen?"

Die Millionen-Dollar-Frage ... "Nein", sagte er. Es gab nichts zu leugnen, von wem Carl sprach.

"Wirst du sie sehen?"

"Das ist der Punkt, nicht wahr?" Er kam nach Hause, um seine Fehler aus der Vergangenheit zu gestehen und hoffentlich wieder bei Verstand zu sein. "Zugegeben, ich freue mich nicht darauf, aber ich schulde es ihr, das zu tun, was ich vor Jahren nicht geschafft habe."

"Sie lebt völlig zurückgezogen und kommt nicht viel in die Stadt. Vielleicht musst du zu ihr gehen, wenn du sie sehen willst."

"Wenn es nötig ist ..." schluckte er den Klumpen, der in seinem Hals größer wurde. Warum musste das so verdammt hart sein? "Ich gehe zu ihr. Ich würde lieber in der Öffentlichkeit sein, damit wir beide, wenn nötig, wegrennen könnten."

Das Lied, das über die Lautsprecher des Cafés gespielt wurde, änderte sich von einer fröhlichen Melodie zu einem langsamen Liebeslied. Eines, das Mack aus einer fernen Erinnerung über Meghy geschrieben hatte. Das wusste sie nicht, das wusste niemand. Aber es stach ihm ins Herz und brachte Gefühle mit sich, die er unterdrückt hatte. Die Glocke über der Ladentür klingelte. Mack drehte sich, um zu sehen, wer eintrat und verlor die Fähigkeit zu atmen. Es war sie ... Ihr Zimthaar war unter einer schneeweißen Mütze verdeckt, konnte aber nicht zusammengehalten werden. Die Locken waren entkommen und schwebten über ihren Rücken und ihr Gesicht. Er konnte nicht wegschauen. Das Lied spielte über seinen Kopf und sie stand vor ihm. Voller Aufregung konnte er nicht einmal denken, geschweige denn atmen.

"Mack", Carl tippte auf seinen Arm. "Hier ist deine Chance."

Meghy drehte sich um und traf seinen Blick. Ihre honigfarbenen Augen waren so schön, wie er sich erinnerte und waren voller Überraschung, als die Erkennung bei ihr dämmerte. Er konnte fast den Augenblick sehen, als sie beschloss, sich umzudrehen und wegzulaufen. Als sie sich auf den Fersen drehte, um den Raum zu verlassen, sprang er auf seine Füße und ging ihr nach. Er kam, um sie zu sehen und es könnte wehtun, aber sie beide hatten schlechte Erinnerungen, die sie verarbeiten mussten. Es war Zeit für ihn, sich wie ein Mann zu verhalten und sich ihr und dem, was er ihr angetan hatte, zu stellen. Letzten Endes war er ein furchtbarer Freund. Mack schuldete ihr mehr, als sie dachte. Wäre sie nicht gewesen, wäre er ein Nichts ...

Er drückte die Tür auf und trat in die Kälte hinaus. Sie war schon ein Stück gelaufen, aber er wusste, wohin sie wollte. Es gab nur einen Ort, zu dem sie gehen würde, und er nahm ein gemächliches Tempo, um ihr zu folgen. Sie brauchte Zeit, um sich an seine Gegenwart zu gewöhnen. Als er sie einholte, war sie vielleicht sogar ruhig genug, um ein einigermaßen normales Gespräch mit ihm zu führen. Er hoffte, er würde das richtige tun …

KAPITEL DREI

Auf der Wiese können wir einen Schneemann bauen
Wir tun so als wäre er Parson Brown
Er würde sagen: Seid ihr verheiratet?
Wir werden: "Nein Mann" sagen
Aber du kannst das machen, wenn du in der Stadt bist

Meghy eilte aus dem Laden, so schnell sie konnte. Er war da drin ... Sie hatte sich vor nicht allzu langer Zeit gewünscht, dass sie mit ihm Kontakt aufnehmen könnte, dann geriet sie in Panik und floh. Was für ein Feigling war sie geworden. Es gab eine Zeit, in der Mack die erste Person gewesen wäre, zu der sie laufen würde. Wie konnte sie das ganze so weit gehen lassen?

Sie hielt vor einer Wiese an, auf der sie als Kind oft gespielt hatte. In der Ferne gab es einen örtlichen Park und dahinter eine Bucht, die in den See führt. Natürlich kam sie hierher. Dies war einer der Lieblingsorte von ihnen beiden. Wenn sie an Mack dachte, hatte sie sich diesen Ort oft vorgestellt. Er war so ein großer Teil ihres Lebens gewesen, so lange sie sich erinnern konnte.

"Meg", rief Mack in der Ferne. "Warte!"

Sie schloss ihre Augen und kehrte in eine glücklichere Zeit zurück, eine fast ähnliche wie die, in der sie jetzt war. Er hatte nach ihr geschrien—ihr gemeinsames Lachen hallte im Wind wider.

Meghy duckte sich, um den Schneeball zu vermeiden, der auf sie zuflog. Sie hatte nicht schnell genug reagiert. Er traf ihren Hals und Wasser tropfte ihren Hals herunter und rann unter ihrem Mantel in die Mitte ihres Rückens. Sie zitterte vor der eisigen Kälte und sah den nachfolgenden Schneeball nicht auf sie zufliegen. Es traf sie ins Gesicht und überraschte sie. Sie wischte ihr Gesicht ab und wandte sich zu ihm. "Dafür wirst du bezahlen."

Sie kniete sich nieder und machte schnell einen Schneeball und warf ihn in Rekordgeschwindigkeit. Sie hatte natürlich vermisst — er hatte geahnt, was sie vorhatte. Sie stürzte nach vorne, als sie den Schneeball warf. Als er sich duckte, rannte sie nach vorne und riss ihn zum Boden. Er traf die kalte Oberfläche mit einem dumpfen Schlag. Sie lag auf ihm-etwas, das sie nicht ganz geplant hatte. Er wickelte seine Arme um ihre Taille und rollte sie beide zur Seite.

"Ich habe dich erwischt", flüsterte er. Sein heißer Atem strich über ihre Wange. Ihr Herz schlug schnell in der Brust. Sie hatte nicht damit gerechnet, dass er so nah war. "Was wirst du jetzt tun?"

Sie wollte ihn küssen, wagte es aber nicht. Er sollte ihr bester Freund sein. Natürlich hatten sie sich umarmt, hatten sogar einmal die Hände gehalten. Als die Dinge unschuldiger zwischen ihnen waren, wusste keiner von ihnen von ihren wirklichen Gefühlen ... Meghy liebte ihn von ganzem Herzen und sie hatte keine Ahnung, was sie mit diesen Gefühlen tun sollte. Er hat sie so nicht gesehen.

"Lass mich gehen", sagte sie und wackelte in seinen Armen.

"Was für ein Spaß wäre das", ärgerte er sich. Seine Wangen waren leuchtend rot von der Kälte und seine Lippen waren eine Versuchung, gegen die sie kämpfte. "Ich mag dich lieber, wo du bist."

Was bedeutet das? Ihr Atem wurde kurz. Sie sagte sich, es sei wegen ihrer Versuche, sich zu befreien, aber das war eine Lüge. Es war die Nähe zu Mack. Manchmal machte er ihr ein blödes Durcheinander und das war einer von denen. Sie waren Freunde, seit sie fünf waren. In den vergangenen zwölf Jahren hat sich nicht viel geändert. Dies war ihr letztes Schuljahr und in ein paar Monaten würden sie Suttons Bay für immer verlassen. Er plante nach Los Angeles zu gehen, um sein Glück in der Musikszene zu versuchen, und sie wollte mit dem Studium in New York anfangen. Sie würden auf gegenüberliegenden Seiten des Landes sein. Sie fürchtete den Augenblick, wenn sie getrennt sein werden.

Er tat etwas, was sie in einer Million von Jahren nicht erwartet hätte. Er rückte näher und drückte seine Lippen an ihre. Funken entzündeten sich in ihr und verbreiteten sich so schnell wie Feuer. Ihr ganzer Körper glühte von innen nach außen und sein Kuss gab ihr den Wunsch nach Dingen, die sie nie für möglich gehalten hätte. Er hob den Kopf und traf ihren Blick. Seine Augen waren wie ein blaues Feuer und zündeten tief in ihr ein neues an.

"Meghy." Seine Stimme war heiser und er schluckte hart. "Sag etwas."

Sie schüttelte den Kopf und er stöhnte. Ihr fehlten die Worte und dabei konnte sie so gut mit ihnen umgehen. Was könnte sie sagen ... Er hatte sie völlig sprachlos gelassen.

Er rollte von ihr weg und begann einen Schneeball zu bilden. Wollte er ihn wirklich auf sie werfen? Nachdem, was sie gerade gemacht hatten? "Was machst du da?"

"Ich baue einen Schneemann", erklärte er sachlich.

"Warum?" fragte sie, verwirrt über seine Argumentation.

"Hast du das Lied noch nie gehört?"

Hatte er sich den Kopf angeschlagen, als sie ihn zu Boden geworfen hatte? Welches Lied? "Ich fürchte, du hast mich verloren." Sie wollte mit ihm über den Kuss sprechen, und nicht über das dumme Lied. Musik war sein Ding, nicht ihres.

"Parson Brown", antwortete er. "Wir können so tun, als ob wir heiraten, dann viel später, können wir es wirklich tun, wenn er in der Stadt ist." Er zwinkerte. "Ich habe deine Ehre beschmutzt und muss es richtig machen."

Er hatte sich den Kopf angeschlagen. Es gab keine andere Erklärung. Sie stand auf und schloss sich ihm an. "Wenn du darauf bestehst, das zu bauen, werde ich dir helfen."

Er lächelte und küsste sie auf die Wange. Das war zumindest eine übliche Sache für ihn—ihren Mack. Er verwandelte sich in den Jungen, in den sie sich verliebt hatte und den sie zu sehen erwartete. Er sprach nicht mehr von Schneemännern und Heirat. Sie bauten den Schneemann und gingen dann in die Stadt, um heiße Schokolade zu trinken. Nicht einmal hatten sie den Kuss besprochen...

"Meghy."

Sie kehrte in Realität zurück und wandte sich ihm zu. "Hallo, Mack", antwortete sie ungeschickt. "Ich wusste nicht, dass du in der Stadt bist."

Er schob seine Hände in die Tasche und schaute weg. "Es war nicht geplant."

Sie nickte abwesend. Schon wieder fehlten ihr die Worte. Ihr Herz schlug schwer in ihrer Brust und sie hatte keine Ahnung, was sie ihm sagen sollte. Wie sollte sie sich mit jemandem unterhalten, wenn sie nicht einmal mit dem sprechen konnte, der sie besser kannte als jeder andere.

"Ich bin sicher, Rose ist froh, dass du hier bist." Sie klang so dumm ... "Wie lange bleibst du?"

"Ich weiß nicht", antwortete er. "Das hängt von dir ab." Er drehte sich um und traf ihren Blick wieder. "Und ob du mir vergeben kannst."

Bei dieser Aussage blieb ihr der Mund offen stehen. "Es gibt nichts zu vergeben." Es hatte einen Augenblick gedauert, bis sie den Schock überwunden hatte, um zu reagieren. "Du hast nichts falsch gemacht."

"Ich habe dich allein gelassen, obwohl ich versprochen habe zu bleiben."

Sie schüttelte den Kopf. "Mack", sagte sie ernst. "Du hast auch wehgetan. Ich beschuldige dich nicht mehr. Das habe ich zuerst getan, aber es ist nicht deine Schuld. Meine Mutter hatte einen Unfall und das hatte nichts mit dir zu tun."

"Aber ..."

"Nein", unterbrach sie. "Da gibt es kein Aber. Du hast mich nicht gezwungen, spät auszugehen, sodass sie nach mir suchen gehen musste. Ich habe das alles alleine gemacht und ich hasste den Gedanken, dich zu verlassen. Die einzige Zeit, in der ich mich lebendig fühlte, war, wenn du in meiner Nähe warst. Ich musste bei dir sein ..."

Mehr konnte sie nicht sagen. Sie würde beinahe gestehen, wie sehr sie ihn liebte und wie schrecklich das letzte Jahrzehnt ohne ihn in ihrem Leben gewesen war.

～

MACK WUSSTE NICHT, WAS ER SAGEN SOLLTE. ER WAR GEKOMMEN, um sich zu entschuldigen, aber irgendwie schien das nicht genug zu sein. Er schaute um das Feld herum und zur Bucht in der Ferne. Das war ihr Platz. Sie hatten dort viel Zeit verbracht im Laufe der Jahre und letzten Winter waren sie zusammen als Freunde, sie hatten sich sogar geküsst. Er hatte es vermieden, darüber zu reden und wollte sie nicht erschrecken. Meghy könnte nervös werden und er wollte sie nicht abschrecken. Jetzt wurde ihm wahr, dass er schlecht damit umgegangen war. Er hätte sie immer wieder küssen sollen und das tat er nie wieder. Er würde gerne das Recht haben, sie zu küssen, wann auch immer ihm danach war. Die Kluft zwischen ihnen war zu groß. Sie würden diese Magie nie wieder neu erschaffen können.

"Willst du einen Schneemann bauen?" fragte Meghy, um ihn zu überraschen. Erinnerte sie sich auch an diesen Tag?

"Warum?" fragte er. "Ich denke, Parson Brown ist zurückgetreten."

Sie lächelte. Es war so vertraut, dass sein Herz sich nach ihr sehnte. "Das ist schade. Wir haben unsere bisherige Zeremonie nie abgeschlossen. Du hast versprochen, dass wir es später machen."

Das hatte er ... "Ich wünschte, ich könnte es jetzt tun." Mack zog seine Hände aus den Taschen. "Aber ich habe es nicht gut geplant." Er wackelte mit seinen bloßen Fingern nach ihr. "Keine Handschuhe."

Sie kippte ihren Kopf und schaute sie an. "Ich denke, wir können es ein anderes mal tun. Wir haben so lange gewartet. Was ist noch ein Tag?"

Welches Spiel spielte sie? Das schien nicht richtig zu sein. "Meghy."

Sie rückte näher zu ihm und schloss den Abstand zwischen ihnen. Sie stand nur wenige Zentimeter von ihm entfernt und er wollte so sehr sie in seine Arme ziehen. Er hielt sich zurück, da er nicht sicher war, was sie von ihm wollte. "Warum hast du deine Tour abgesagt?" fragte sie.

Er hielt ihren starren Blick stand. Er hatte sie immer geliebt und das hat sich über die Jahre nicht geändert. Es gab andere Frauen, aber keine von denen war sie. Niemand konnte je ihren Platz in seinem Herzen einnehmen. "Ich konnte die Aufnahme meines Albums nicht beenden. Ich habe das Bedürfnis nach Musik verloren." Er erwähnte weder die Albträume noch den Unfall. Sie waren Symptome des Problems - er war nicht bei ihr.

"Bist du deshalb nach Hause gekommen?"

"Im Wesentlichen", sagte er. "Mein Manager denkt, ich muss mich wieder mit dem verbinden, was die Musik für mich besonders gemacht hat."

"Und was ist das?" fragte sie. "Suttons Bay? Familie?"

Sie waren ein Teil davon, aber nicht die Wurzel. Was ihn zum Leben erweckte, war sie-nur sie. "Ich habe dich vermisst", sagte er. Den Rest hat er ihr nicht erzählt. Er wollte auf Nummer sicher gehen, wie er es normalerweise tat.

"Ich dich auch", sagte sie. "Ich bin froh, dass du zu Hause bist, auch wenn es nur für kurze Zeit ist."

Würde sie einwenden, wenn er sie küssen würde? Nein, das war wahrscheinlich keine gute Idee. Sie hatten gerade wieder angefangen zu reden und waren nicht mal annähernd daran, sich zu küssen. "Willst du mit mir zurück zu Which Brew gehen und eine Tasse Kaffee holen? Ich möchte alles nachholen, was du in deinem Leben gemacht hast, seit ich dich das letzte Mal gesehen habe." Er wollte einfach nicht aufhören mit ihr zu reden. Er brauchte, ihre Stimme zu hören und in ihre honigfarbenen Augen zu schauen, solange sie es zulassen würde.

"Das würde mir gefallen", sagte sie.

"Dann Folgen Sie mir, Fräulein M.", sagte er und streckte seine Hand zu ihr. "Ich würde dich nie in die Irre führen."

Sie lachte und es war wie Musik für seine Ohren. "Herr M", antwortete sie. "Das ist eine Lüge, wenn ich je eine gehört habe."

Es war fast normal ... Fast aber nicht ganz-vielleicht würde er nach einiger Zeit seine Meghy wieder haben. Er wurde allmählich dankbar für seinen erzwungenen Urlaub. Sonst wäre er nie zurückgekehrt und hätte Meghys Herz nie wieder gewinnen können. Allein dafür würde er seinem Manager eine Prämie schicken.

KAPITEL VIER

Später, verschworen wir uns
Wie wir am Feuer geträumt haben
Ohne Angst zu sehen, die Pläne, die wir gemacht haben
Spazieren in einem Winter-Wunder-Land

Meghy umarmte sich selbst. Das Glück war so lange so schwerwiegend gewesen ... Als das Eis zwischen ihr und Mack gebrochen war, schien alles viel glatter zwischen ihnen zu gehen. Sie musste nur einige ihrer Unsicherheiten loslassen und sich der Möglichkeit öffnen, ihn wieder in ihrem Leben zu haben—sogar für kurze Zeit. Irgendwann musste er Suttons Bay verlassen. Sie wollte, dass er wieder Freude an der Musik findet und schönere Songs schreibt. Er hatte so eine wunderbare Stimme und Talent. Wenn sie ihm irgendwie helfen könnte, war sie dazu bereit. Er war schon seit einer Woche in der Stadt und kein Tag war vergangen, an dem sie keine Zeit mit ihm verbracht hatte. Die jährliche Weihnachtsfeier war an diesem Abend und er sollte sie abholen, um zusammen dorthin zu gehen. Wie glücklich war sie? Sie hatte Macks ganze Aufmerksamkeit wieder für sich.

Ihre Türklingel barchte sie aus ihren Tagträumen zurück. Mack war hier vorübergehend. Sie würde seine Gesellschaft genießen, solange sie konnte, aber irgendwann würde er sie verlassen. Dieses Mal aber hatte sie vor, mit ihm in Kontakt zu bleiben. Sie würde die Fehler der Vergangenheit nicht wiederholen. Sie ging zur Tür und öffnete sie. Er stand da und rieb die Hände zusammen. "Immer noch keine Handschuhe gefunden?"

"Ich hatte keinen Grund dazu", antwortete er mit einem Grinsen im Gesicht. "Ich habe nicht vor, so lange draußen zu sein, um welche zu brauchen."

Sie schüttelte den Kopf. "Lass mich meinen Mantel nehmen und wir können gehen."

Fast alles in der Stadt war zu Fuß erreichbar. Meghy hat sich nicht die Mühe gemacht, ein Auto zu kaufen. Sie hatte keinen Grund, Suttons Bay zu verlassen, und wenn sie etwas brauchte, war es nur ein paar Häuserblöcke von zu Hause entfernt. Sie rutschte in ihren Mantel und traf ihn an der Tür. Er zog ihre Hand in seine, brachte sie bis zu seinem Mund und küsste ihre Handfläche. "Danke", sagte er.

"Wofür?" fragte sie. Sie hatte nichts getan, um seinen Dank zu verdienen.

"Weil du du bist", antwortete er. "Ich hätte vor langer Zeit nach Hause kommen sollen."

"Ja", stimmte sie zu. "Warum hast du es nicht getan?"

"Ich bin ein Feigling", gab er zu. "Ich hatte Angst vor Ablehnung."

Das konnte sie verstehen. Jeden Tag stand sie derselben Angst gegenüber. Sie waren sich viel ähnlicher, als sie es je dachte. Das war wahrscheinlich gut für sie beide. Sie hielt ihn so lange auf einer Art Podest. Eine Illusion eines Jungen, den sie geliebt hatte. Der Mann war eine Realität, die sie viel mehr mochte.

"Nein", sagte sie. "Das bist du nicht. Manchmal braucht man nur Zeit, um das richtige zu tun. Jeder hat Augenblicke des Zweifels. Es dauerte nur ein wenig länger, bis du die Vernunft gerne sehen würdest."

"Lass uns gehen", antwortete er und ignorierte ihre Einsicht. "Ich habe eine Überraschung für dich."

"Oh?" antwortete sie eifrig und vergaß ihre frühere Annahme. Vielleicht war er nur aufgeregt, die Überraschung mit ihr zu teilen. "Was ist es?"

"Wenn ich es dir sage, dann wird es keine Überraschung sein, oder?"

Sie schlossen ihre Haustür und gingen in Richtung

Rathaus, wo die Party stattfand. Es war ein jährliches Treffen und fast jeder in der Stadt ging dorthin. Später gab es ein bescheidenes Essen und Tanzen. Es war Spaß für alle Altersgruppen. Der Weihnachtsmann würde sogar einen Auftritt für die Kinder machen. Sie brauchten fünfzehn Minuten, um von ihrem Haus zum Rathaus zu gehen. Es war bereits voll. Im Kamin wurde das Feuer angezündet und Essensdüfte verbreiteten sich. Einige Kinder liefen an ihnen vorbei, um den Weihnachtsmann zu sehen, der dieses Jahr offenbar früher gekommen war.

"Willst du beim Weihnachtsmann auf dem Schoß sitzen?" flüsterte Mack ihr ins Ohr. "Du kannst ihm sagen, was du dieses Jahr zu Weihnachten willst."

Sie schüttelte den Kopf. "Ich hatte schon ein wunderbares Weihnachten. Mehr kann ich nicht verlangen." Sie rümpfte ihre Nase. "Außerdem bin ich ziemlich alt, um auf dem Schoß des Weihnachtsmannes zu sitzen."

Er wackelte mit den Augenbrauen. "In diesem Fall willst du auf meinem sitzen? Es ist eine Weile her, als ich eine aufreizende Frau auf meinem Schoß hatte."

"Ha-ha", sagte sie. "Du bist unverbesserlich."

"Immer", antwortete er.

"Wenn es nicht M und M selbst sind", sagte jemand von hinten ihren alten Spitznamen. "Ich hätte nie gedacht, dass ich euch beide im selben Raum wiedersehen würde, geschweige denn zusammen."

Meghy drehte sich um und traf den Blick von Cynthia Rhodes. Sie war blond, frech und nervig wie immer. Sie war Cheerleaderin in der Schule und der größte Snob. "Ist das nicht dein Mann, der dir da drüben zuwinkt?" fragte Meghy.

Cynthia hat sich nicht die Mühe gemacht, sich umzudrehen. Sie schaute kurz Meghy an und wendete dann ihre Aufmerksamkeit auf Mack. "Es ist wirklich eine schöne Überraschung, dich zu sehen. Wie lange bist du in der Stadt?"

Meghy wollte Cynthia wegschieben und Mack aus ihrer Reichweite holen. Sie war in Mack in der Schule vernarrt und es schien, als ob sie es noch ist. Ihr armer Ehemann …

"Das hängt von Meg ab", antwortete er und glitt seine Hand um ihre Taille. "Sie ist der einzige Grund, warum ich hier bin."

Cynthia mochte diese Antwort überhaupt nicht. Sie sah Meghy an und wenn Blicke töten könnten, wäre sie tot. Anstatt dem Drang, gemein zu sein, zuzugeben, lächelte Meghy sie an. Das hat das ganze wahrscheinlich schlimmer gemacht, weil Cynthia sie im Gegenzug sauer anlächelte. "Ich dachte, du hättest es geschafft, deinen Geschmack zu verbessern, während du weg warst." Cynthia zuckte mit den Schultern. "Aber ich glaube, sie hat sich ihren Weg zurück in dein Leben rücksichtslos erschaffen." Cynthia warf ihre Haare zurück und ging weg. "Manche Leute ..."

"Nun", sagte Mack. "Sie hat sich nicht verändert."

"Kein bisschen", stimmte Meghy zu.

Er führte sie zu einem Platz in der Nähe des Kamins. Es war gegenüber der Bühne, wo die Band sich einrichtete. "Bleib hier und ich bringe dir was zu trinken."

"Was ist mit meiner Überraschung?"

"Geduld", befahl er. "Es ist noch nicht Zeit."

Er ging zum Getränketisch, nahm zwei Tassen und kam zu ihr zurück. Er reichte ihr eine und setzte sich dann auf einen Stuhl daneben. Sie nahm einen Schluck der heißen Flüssigkeit und seufzte. Heißer Kakao-ihr Lieblingsgetränk. "Mmm", murmelte sie zu sich selbst.

"Du liebst es immer noch, oder?"

"Es kommt dem Himmel am nächsten, was ich je finden werde." Das einzige, was besser wäre, war Macks Liebe zu haben. "Erzähl mir von dem Album, an dem du arbeitest."

"Ich habe vielleicht ein wenig Inspiration gefunden, während ich hier war." Er lächelte. "Wenn ich zurückkehre, denke ich, dass ich fertig sein werde. Was hältst du vom wärmeren Wetter?"

Sie stellte ihren Becher hin und sagte: "ich bin gütlich, warum?"

"Ich möchte, dass du mit mir zurückkommst."

Ihr Mund fiel auf in Schock. "Aber ..."

"Antworte noch nicht", antwortete er. "Ich möchte, dass du darüber nachdenkst."

Sie nickte wie ein Narr. Vor allem, weil sie keine Antwort für ihn hatte. Sie in Los Angeles? Warum wollte er, dass sie mit ihm geht? War es nur, weil er seine Muse endlich wieder gefunden und ihr zugeschrieben hatte? Sie würde ihm gerne bei allem helfen, aber sie wollte nicht an seiner Seite sein, nur um seine Kreativität zu wecken. Sie wollte weit mehr, als das von ihm.

Jemand klopfte an das Mikrofon und ein lautes Kreischen hallte durch den Saal. "Ist das Ding an?" sagte der Bürgermeister.

"Ja", riefen alle, damit er nicht wieder darauf klopft. Das Kreischen hatte die Trommelfelle von fast allen in der Menge verletzt.

"Gut", sagte er dann lachend. "Es ist Zeit für einen besonderen Leckerbissen heute Abend. Wie Sie alle wissen, tanzen wir hier jedes Jahr und während die örtliche Band gut ist, haben sie nicht das Talent, das Mack Taylor hat. Der Bürgermeister hielt seine Hand über die Stirn, um das Oberlicht zu blockieren, während er die Menge durchsuchte. "Mack?" Bist du hier?"

"Das ist mein Stichwort", sagte er und hüpfte zu seinen Füßen. Er stellte seinen Becher neben ihren auf den Tisch. Er lehnte sich nach unten und drückte schnell seine Lippen auf ihre. "Warte hier auf mich."

Sie hob ihre Hand zu ihren Lippen. Das war anders. Er hatte ihre Wange geküsst, sogar ihre Hand. Aber das einzige Mal, als er ihre Lippen geküsst hatte, war vor einem Jahrzehnt im Schnee gewesen. Sie wusste nicht, was sie daraus machen sollte.

Mack hüpfte auf die Bühne und nahm das Mikrofon vom Bürgermeister. "Hallo Suttons Bay", rief er. "Es ist eine Weile her, als ich zu Hause war-zu lange eigentlich."

Alle klatschten aufgeregt und rückten näher zur Bühne— außer Meghy. Mack hatte ihr gesagt, sie solle bleiben, wo sie war. Sie traute sich nicht, sich zu bewegen, aus Angst, mit dem Gesicht nach unten zu fallen. Was hatte er vor?

"Ich wollte ein paar Songs für euch singen, wenn es euch nichts ausmacht." Er machte ein Zeichen nach hinten zu dem, wer den Anfang eines Weihnachtssongs begann, mit dem jeder vertraut war. Dieser Song ist für mich etwas Besonderes. Es bringt Erinnerungen an eine Zeit zurück, in der ich nicht dachte, dass ich jemals glücklicher sein würde."

Er fing an, den Text zu Winterwunderland zu singen, ohne Meghy einmal aus den Augen zu verlieren. Was wollte er ihr sagen? Dass er wünschte, er könnte zurück zu dem Tag, als er sie küsste. Erinnerungen an ihre gemeinsame Zeit in der Vergangenheit und in der vergangenen Woche überschwemmten sie. Er war so aufmerksam und ließ sie, sie beide durch jedes Gespräch führen. Er war geduldig, freundlich und wunderbar. Sie liebte ihn nie mehr als jetzt. Ihr Herz schlug in ihrer Brust, als er den Song beendete.

"Danke", sagte er, als die Menge wieder klatschte. "Den nächsten Song habe ich geschrieben und nie aufgenommen. Er war zu besonders, um es mit der Welt teilen, aber ich möchte ihn für euch heute singen, und ich hoffe, dass er in meinem nächsten Album ist."

Die Band begann, die Töne einer Ballade zu spielen. Die Melodie war verführerisch und verlockend, fast hinreißend in ihrer Schönheit. Die Texte brachen ihr beinahe das Herz. Er schrieb diesen Song für sie und es war über sie beide. Sie hatte vermutet, dass einige seiner Songs sich auf sie beide in der Vergangenheit bezogen haben, aber keiner mehr als dieser. Es ging um ihren einen Kuss und den Verlust, den er spürte, als er sie zurückließ. Sie wusste in ihrem Herzen, dass er wollte, dass sie weiß, wie sehr er sie liebte. Er hat es in die Welt gesetzt und gehofft, dass sie dasselbe fühlt. Mack ging ein Risiko ein, was sie nie getan hätte. Und sie liebte ihn noch mehr dafür.

KAPITEL FÜNF

Schlitten Glocken ringen, hörst du
In der Gasse glitzert der Schnee
Wunderbare Aussicht, wir sind glücklich heute Nacht
Spazieren in einem Winter-Wunder-Land

Mack hüpfte von der Bühne und ging zu Meghy. Er schaute sie die ganze Zeit, während er auf der Bühne war. Er wollte sie und er betete, dass sie dasselbe fühlte. Sie konnte von überall aus arbeiten, solange sie ihren Computer hat. Er musste sie nur überzeugen, den Rest ihres Lebens mit ihm zu verbringen. Er würde seine Musik aufgeben, wenn sie sich weigerte, mit ihm zu gehen, aber er hoffte, dass es dazu nicht kommt. Er liebte die Musik und sie. Die Wahl zwischen den beiden könnte ihn brechen.

Sie stand, als er sie erreichte. "Meghy."

"Sag kein Wort", sagte sie. "Ich verstehe."

"Tatsächlich?"

Sie nickte. "Lass uns hier herausgehen und einen Spaziergang machen."

Sie schnappten ihre Jacken und gingen hinaus in die Kälte. Ein Schlitten war draußen für diejenigen, die eine Fahrt machen wollten. "Willst du?" fragte er.

"Oh ja", sagte sie. Das Pferd und der Schlitten waren etwas Neues, das der Planungsausschuss zu den Feierlichkeiten hinzufügen wollte. Sie hatte nicht gedacht, dass sie es tatsächlich nutzen würde, aber mit Mack ... Sie war begeistert von der Aussicht. Er half ihr in den Wagen und schloss sich ihr an. Meghy nahm die Decke und breitete sie über ihre Schöße. Mack wickelte seinen Arm um sie und zog sie zu sich. Ihre vermischte Wärme hielt sie wohlig, als der Schlitten durch die Stadt fuhr.

"Ich habe über dein Angebot nachgedacht", sagte sie.

"Oh?"

"Darüber, mit dir nach Los Angeles zu gehen." Das Klang dumm—das war das einzige Angebot, das er ihr gemacht hatte ...

"Und?"

Das war der harte Teil und das sollte es nicht sein. Es fiel ihr schwer, ihre Gefühle sich selbst zu gestehen, geschweige denn ihm. Er hatte ihr sein Herz ausgeschüttelt und es lag an ihr, es anzunehmen oder nicht. Sie wollte ihn, also sollte es einfach sein, und doch war es nicht so einfach. Es wäre ein großer Schritt für sie, mit ihm zu gehen. Sie hat Suttons Bay nie verlassen-aus irgendeinem Grund. Sie war eine schüchterne Person und nicht besonders gesellig. Sie würde eine Last für ihn sein. Was für ein Leben wäre das für sie?

"Ich bin mir nicht sicher, ob es eine gute Idee ist." Sie wollte gehen ... "Ich kann nicht mit Menschen, die ich nicht kenne, umgehen."

"Du würdest mich kennen", sagte er. "Der Rest kommt mit der Zeit."

Er ließ es so einfach klingen. "Was ist, wenn ich dich blamiere?"

Die Kutsche hielt in der Nähe der Wiese an, wo sie sich zuerst geküsst hatten. Mack schob die Decke von ihrem Schoß und sagte. "Komm mit mir." Sobald sie aus der Kutsche heraus waren, zog der Fahrer weg und ließ sie in ihrer Privatsphäre.

Er führte sie in die Mitte des Feldes. In der Mitte war ein Schneemann. Es war mit einer Krawatte, einem Hut und einem Buch zwischen Holzhänden bekleidet. "Fräulein M", sagte Mack. "Ich möchte Ihnen Parson Brown vorstellen—er hat sich entschieden, aus dem Ruhestand zu kommen."

"Hat er das jetzt?" Ihre Lippen schrumpften nach oben. "Aber hast du ihn überzeugt?"

"Ich habe ihm erklärt, dass ich in einer verzweifelten Situation war." Er hatte einen feierlichen Ausdruck auf seinem Gesicht. "Ich musste das Mädchen, das ich liebe überzeugen, den Rest ihres Lebens mit mir zu verbringen. Wenn sie sich weigert, muss ich vielleicht den Rest meines Lebens mit gebrochenem Herzen leben." Mack rieb sich die Brust. "Es ist jetzt fast geheilt, aber noch ein Schlag könnte tödlich sein."

Sie starrte ihn verwirrt an. Hat er gerade gesagt, dass er sie liebt? Sie ahnte etwas von dem Lied, aber es war ganz anders, es zu hören. Das war wirklich. "Kneif mich", forderte sie.

"Was?" Er drückte seine Augenbrauen zusammen.

"Ich sagte kneif mich", wiederholte sie. "Das ist doch nicht wahr. Ich muss wohl träumen."

Es ähnelte sich dem, was sie in einem Liebesroman schreiben würde. Die Umgebung, das Liebesgeständnis und der Wirbel der Aufregung in ihrem Blut-all das bedeutete ein Happy End. Es war zu viel und so schwer für sie zu glauben, dass es wirklich passiert.

"Liebling", sagte Mack, seine Stimme tropfte vor Anmut. "Ich kann dir etwas Besseres geben."

Er zog sie in seine Arme und drückte seine Lippen auf ihre. Der Kuss knisterte und erfüllte sie mit Verlangen. Sie wickelte ihre Arme um ihn und erwiderte seinen Kuss mit gleicher Begeisterung. Das fühlte sich zu gut an, um nicht wirklich zu sein. Sie griff nach oben und rannte mit den Fingern durch seine dunklen Locken. Die Bartstoppeln rieben sich verlockend an ihren Kinn. Sie mochte es mehr, als sie wahrscheinlich sollte.

Mack hörte auf, sie zu küssen, und wanderte mit seinen Lippen über ihre Wange und dann über ihren Hals hinunter. Er strich mit seinen Fingern durch ihre Locken und zog leicht an denen. Dann wanderte er mit seinen Küssen aufwärts zu ihrem Kiefer und wieder zurück zu ihren Lippen. Mack küsste sie mit Leib und Seele und sie konnte es bis zu ihren Zehen spüren. Er hatte recht—so war es viel besser.

Er hob sie in seine Arme und wirbelte sie herum, bis ihr Lachen um sie herum hallte. Sie war nie glücklicher, als in diesem Augenblick-mit ihm. Die Hülle eines Menschen, die sie ohne ihn geworden war, war nicht das, was sie sein wollte. So wollte sie nicht mehr leben. Sie wollte eine neuere bessere Version von sich selbst sein. Es war Zeit, die Vergangenheit loszulassen und das Leben zu genießen.

"Hör auf", sagte sie lachend. "Ich kann es nicht mehr aushalten. Die Welt dreht sich."

"Dann weißt du, wie ich mich fühle, wenn du in meiner Nähe bist", sagte er und setzte sie nieder. "Seit dem Augenblick, als ich dich getroffen habe, war meine Welt völlig verkehrt. Das ist sicher nicht ganz deine Schuld." Er grinste. "Ich kam als Waise her, aber dank dir fühlte ich mich willkommen. Ich glaube, ich habe mich vor all den Jahren in dich verliebt."

"Als du fünf Jahre alt warst?" Sie hob eine Augenbraue.

"Ja", sagte er hartnäckig. "Ich habe es einfach nicht erkannt. Was konnte ein fünfjähriger?"

In diesem Punkt musste sie ihm zustimmen, nun, eigentlich in allen Punkten. Manchmal glaubte sie, dass sie sich in ihn verliebt hatte, als sie beide fünf waren. Schon damals entstand eine Bindung zwischen ihnen und obwohl sie so viele Jahre getrennt waren, wurde sie nicht zerstört. Diese Bindung könnte ein wenig gebogen haben und ermöglichte ihnen, zu wachsen und sich in die Menschen zu verwandeln, die sie geworden waren, aber sie war immer noch stark—unzerbrechlich.

"Also, was hat sich geändert?"

Für eine Weile war er verstummt. Meghy dachte schon, dass er nicht antworten würde, bis er es tat. Seine Stimme war immer so wunderbar zu hören und dieses Mal war keine Ausnahme. "Nichts—alles", sagte er schließlich. Er streichelte ihren Arm. "Wieder mit dir hier zu sein, war mehr, als ich mir vorstellen konnte. Ich bin nicht hergekommen, weil ich darauf gehofft habe. Ich hätte nie etwas so wunderbares erwartet." Er streichelte ihre Haare. "Bitte sei mit mir. Ich bin egoistisch und verdiene dich nicht, aber ich will für immer eine Chance haben."

Mit klopfendem Herzen kämpfte sie mit Tränen des Glücks. Sie fiel durch, als eine ihr die Wange herunterrutschte. Mack griff nach oben und wischte sie weg. Schnee fing an, auf sie wie weißes Glitzer vom

Nachthimmel hinunterzufallen. "Ich weiß nicht, was ich sagen soll."

"Sag ja", forderte er. "Komm mit mir nach Los Angeles. Ich verspreche, du wirst es nicht bereuen."

"Ich weiß nicht." Warum konnte sie nicht sagen, was er hören wollte? Sie wollte ja sagen, aber etwas in ihr ließ sie nicht zu. Die Zweifel, die sie tief in sich trug, zeigten ihr hässliches Gesicht. "Es ist ein großer Schritt."

"Nimm dir Zeit", sagte er. "Ich kann so lange warten, wie du brauchst. Ich gehe nicht wieder ohne dich." Er nahm ihre Hand in seine. "Warum begleite ich dich nicht nach Hause?"

Sie nickte und ließ ihn sie von der Wiese führen. Der Weg zu ihr war nicht weit vom Feld. Nichts in Suttons Bay war weit weg. Trotzdem war es viel zu kurz für sie. Sie wollte den Abend noch nicht beenden. Als sie ihre Haustür erreichten, wandte sie sich an Mack. "Willst du hereinkommen?"

"Denkst du, das ist eine gute Idee?"

Sie lächelte. "Ich will nicht, dass du mich verlässt." Unsicherheit erfüllte sie. War sie zu direkt? Sie wollte bei ihm sein und das war eine Probe für ihn und sie selbst. Was er als Nächstes tat, war der entscheidende Faktor, ob sie mit ihm gehen oder in Suttons Bay bleiben würde. Es war vielleicht ein wenig lächerlich, aber sie glaubte an Zeichen und sie brauchte dringend ein gutes.

"Ich werde dich nie wieder verlassen", antwortete er ernsthaft. "Es sei denn, du willst es."

"Ich will es nicht", sagte sie. "Ich liebe dich." Da hat sie es gesagt. Die eine Sache, vor der sie furchtbare Angst hatte war, laut ihre Gefühle zu ihm auszusprechen und irgendwie schaffte sie es.

"Ich liebe dich so sehr", antwortete er. "Es sollte uns nichts im Weg stehen. Die ganze Welt ist vor uns. Wir müssen nur mutig genug sein, sie zu erforschen."

Es gab nur eines, was sie tun konnte. "Ich ziehe nach Los Angeles", sagte sie ihm. "Bist du sicher, dass es das ist, was du willst."

"Es gibt nichts, was ich mehr will ..." dann lehnte er sich nach unten und küsste sie wieder. Schneeflocken tanzten um sie herum und bedeckten sie mit ihrer Magie. Manchmal werden Träume wahr ... Meghy hatte mehr bekommen, als sie sich erhofft hatte, wenn sie erfuhr, dass Mack nach Hause gekommen war. Jetzt freute sie sich sehr auf das neue Jahr.

Heute Abend aber verbreitete sich Glück in ihr wie ein Lauffeuer und das verdankte sie Mack und seinem Mut. Wenn er nicht gestanden hätte, wie sehr er sie liebte und diesen schönen Song nicht gesungen hätte, hätte sie vielleicht nicht den Mut gefunden, ihre Gefühle zu offenbaren. Sie hatte ihn nie mehr geliebt, als in diesem Augenblick. Sie verstanden einander und alles, was sie sein konnten-allein und zusammen.

EPILOG

Der Blauvogel ist fort gegangen
Ein neuer Vogel ist hier um zu bleiben
Er singt ...

Sie verließen Suttons Bay bevor Neujahr und fuhren zurück zu Macks Haus in Los Angeles. Sie hatten ein wunderbares Weihnachten mit Macks Tante Rose verbracht und dann war sein Manager aufgetaucht, um sie persönlich zurückzubegleiten. Ihre Reise war ereignislos und anstrengend gewesen.

"Ich sehe, die Reise war ein Erfolg", sagte Ben.

"Besser als erwartet", gab Mack zu. "Ich möchte die Zeit im Studio einplanen, um mit der Aufnahme zu beginnen."

"Ist das Mädchen der Grund für diese Veränderung?"

Es war nicht so einfach. Ja, Meghy hat viel bewirkt. Er hat mit seiner Vergangenheit abgeschlossen und hoffte auf ihre gemeinsame Zukunft. Sie hatten noch viel durchzuarbeiten und er war begeistert, diese Chance mit ihr zu haben. Sie hatte sich in dem Büro niedergelassen, das er im Haus eingerichtet hatte und beanspruchte es nie für sich selbst. Er war froh, es ihr zu geben. Er würde ihr alles geben, was sie wollte, wenn es sie glücklich macht.

"Planen Sie einfach die Studiozeit ein und lassen Sie mich wissen, wann ich da sein soll. Ich habe einige Songs geschrieben, die ich aufnehmen und für die Veröffentlichung des Albums vorbereiten möchte."

"Ich bin gleich dran." sagte Ben. "Ich bin schon unterwegs."

Sie kennen ja den Weg raus", antwortete Mack. Er hatte noch etwas anderes zu tun. Er hatte noch eine Überraschung für Meghy und musste Pläne machen. Er hatte schon alles gesagt, was er seinem Manager sagen wollte.

Mack arbeitete unermüdlich daran, das Winterwunderland in seinem Garten zu erschaffen, so viel es in Kalifornien möglich war. Statt Schnee streckte er weiße Lichter über die Bäume und hatte einen gefälschten Schneemann, der weiß glitzerte. Parson Brown würde nicht so schnell schmelzen. Alles war bereit—alles, was er brauchte, war die Ehrengästin.

"Mack?"

Genau richtig ... "Hier draußen", rief er. Er klopfte in seine Tasche, um sich zu vergewissern, dass das letzte Stück der Überraschung noch da war. Er machte das Licht aus, als der Song, den er für sie geschrieben hatte, spielte. Als sie hinausging, blieb ihr Mund offen und dann bedeckte sie ihn mit beiden Händen. "Was ist das alles?" Sie sah ihn an. "Ich dachte, wir gehen an Silvester aus?"

Meghy hatte ein dunkelrotes Kleid an, das die Zimtfarbe in ihren Haaren hervorbrachte. Ihr Haar war aufwendig gestylt mit kleinen Locken, die an ihrem Rücken hinunterschwebten. Sie hatte keinen Schmuck an, aber sie brauchte auch keinen, um zu glänzen. Meghy glänzte ohne Schmuck.

"Wir können, wenn du willst", sagte er. "Aber ich dachte, das wäre besser-romantischer. Du bist die einzige, mit der ich zusammen sein möchte, während wir den Beginn eines brandneuen Jahres feiern. Eines, das ich hoffe, mehr Glück bringen wird, als wir uns vorstellen können."

"Ich weiß es nicht", vertraute sie leichtfertig. "Ich kann mir viel vorstellen."

"Ich bin mir sicher, dass du es kannst." Er streckte ihr seine Hand aus. "Komm hierher."

Sie ging zu ihm und Mack fiel auf ein Knie. "Meghy." Er

zog den Ring in seiner Tasche heraus—ein feuerroter Rubin mit Diamanten. "Willst du mich heiraten?"

Tränen flossen an ihren Wangen herunter. Sie wischte sie wütend Weg und fiel dann auf die Knie. Sie wickelte ihre Hände um seine und beugte sich, um ihn zu küssen. "Es gibt nichts, was ich mehr lieben würde, als deine Frau zu sein, aber bist du sicher? Das passiert alles so schnell."

Er nickte. "Liebling, das ist nicht schnell genug passiert. Wir haben schon so viel verpasst. Ich will nicht Jahre warten, um unser Leben als Mann und Frau zu beginnen. Eine Ewigkeit wartet auf uns und will nicht, dass sie an einem seidenen Faden hängt. Sag ja."

"Ja", sagte sie begeistert und hallte laut in diesem einen Wort. "Tausendmal ja."

Die Melancholie, die ihn so lange belästigt hatte, verließ ihn schließlich. Seine Songs würden das von diesem Augenblick an widerspiegeln. Er war ein neuer Mann, ein besserer, wegen seiner Liebe zu ihr. Sie machte ihn leichter und hoffnungsvoller. Sie hatten eine helle wunderbare Zukunft vor sich. Ihr eigenes vollkommenes Winterwunderland voller Schneeflocken, Küsse und Magie.

AUSZUG: EIN WEIHNACHTSKUSS FÜRS MAUERBLÜMCHEN

Ein Kuss fürs
Mauerblümchen
Dawn Brower

WISHING FOR A KISS

The shooting star awaits a wish
It's alluring and quite roguish
The flame is hot, as hot as fire
In the dark, rife with desire
Close your eyes, wish for bliss
And experience a scoundrel's kiss...

PROLOG

Das Feuer, das im Kamin flackerte, sorgte zusammen mit mehreren Kerzen in Wandleuchtern für ein sanftes Licht im Raum. Das Fenster, durch das die kleine Lady Juliette nach draußen starrte, war vereist. Am samtschwarzen Himmel flimmerte das Licht der Sterne. Plötzlich durchschnitt das leuchtende Strahlen einer Sternschnuppe den Himmel. In Lady Juliettes Brustkorb polterte das Herz. Das war ihre Chance, dem Wunsch, der schon so lange in ihr lebte, Worte zu verleihen. Es gab nur eine Sache auf dieser Welt, die ihr neun Jahre altes Herz mehr als alles andere begehrte. Nämlich, ihren besten Freund für immer an ihrer Seite zu haben. Sie konnte sich ein Leben ohne ihn nicht vorstellen.

"Was ist da so spannend?"

Juliette drehte sich um, und ihr Blick traf den von Lord Grayson Abbot, dem zukünftigen Herzog von Kissinger. Das Anwesen ihrer Familie grenzte an die Ländereien von Schloss Kissinger. Ihr Vater war der Earl of Riverdale. Jedes Weihnachtsfest feierten ihre beiden Familien gemeinsam. Es war nicht so, als bräuchten Grayson und Juliette einen Grund, Zeit miteinander zu verbringen. So lange sie sich erinnern konnte, war er immer an ihrer Seite gewesen. Er war so geduldig, freundlich und treu, wie ein Zwölfjähriger nur sein konnte. Sie konnte sich gut vorstellen, dass er zu einem

Helden heranwachsen würde, von dem alle Mädchen schwärmten.

"Ich habe einen Wunsch an eine Sternschnuppe gerichtet", sagte Juliette.

Grayson blickte über ihre Schulter und hinaus in den Nachthimmel. "Ich kann nichts sehen."

"Sei doch nicht dumm", erwiderte sie. "Sternschnuppen sind so schnell wieder verschwunden, wie sie auftauchen. Ich bin sicher, sie hat meinen Wunsch mitgenommen."

Grayson stand hinter ihr, den Blick in die Dunkelheit vor dem Fenster gerichtet. Juliette war an sein Schweigen nicht gewöhnt, es erdrückte sie fast, war beinahe nicht auszuhalten. Dann trat er zurück und brachte ein wenig Abstand zwischen sie. Irgendwas war falsch, sehr falsch. Er suchte Abstand von ihr. Was hatte sie getan?

"Was hast du dir denn gewünscht?"

Endlich sprach er wieder, aber das machte es nicht leichter. Er war steif und distanziert. Es gefiel ihr nicht. Was war mit ihrem Freund geschehen, der immer Spaß haben und dumme Spiele spielen wollte? Sie vermisste diesen Grayson und wollte ihn wiederhaben. Der Junge, der hier vor ihr stand, war wie ein Fremder.

"Das kann ich dir nicht sagen, sonst erfüllt der Wunsch sich nicht."

Er neigte den Kopf, und eine verirrte Locke fiel in seine Stirn. Er seufzte. Seine blauen Augen waren fast so eisig wie das Wetter. "Ich hasse es, dir das Herz zu brechen", sagte er mit falscher Sorge. "Aber du solltest wissen, Wünsche erfüllen sich nie. Sie sind Wunschdenken, das man besser den Märchenbüchern überlässt."

"Das sind sie nicht!", rief Juliette aus. "Warum bist du so gemein?"

Das war nicht ihr Grayson. Ihr Freund wäre niemals so hässlich zu ihr. Was war geschehen, seit sie einander zum letzten Mal gesehen hatten? Das war doch erst vor weniger als einer Woche gewesen. Da hatte sie ihn an dem Teich getroffen, der das Anwesen ihrer Eltern vom Land seiner Familie trennte. Er hatte am gefrorenen Wasser gesessen und darauf gestarrt, als erwarte er, dort Antworten auf all seine Fragen zu finden. Er war still gewesen, aber nicht so wie jetzt.

"Ich hab mich lange genug mit dir abgegeben, findest du nicht?" Er verschränkte die Arme vor der Brust. "Ich werde erwachsen, und du bist nur ein dummes kleines Mädchen."

Juliette schob ihre Unterlippe zu einem Schmollen nach vorn. In ihren Augenwinkeln sammelten sich Tränen. Riesige Tropfen rollten über ihre Wangen. Was hatte sie ihm getan, dass er sie so behandelte?

Sie hob eine Hand und wischte sich die Nässe vom Gesicht. Wenn er ein grummeliger fieser Idiot sein wollte, konnte sie Besseres mit ihrer Zeit anfangen. Als dummes kleines Mädchen bezeichnet zu werden, darauf hatte sie auf jeden Fall keine Lust. "Traurig, wenn man darüber nachdenkt", sagte sie.

"Was?", fragte er.

"Dass ich dumm genug war, Zeit mit dir zu verbringen." Sie stapfte weg und ließ ihn allein beim Fenster stehen. Ein Freund, der einen anderen niedermachte, war kein Freund, und Juliette brauchte keine Freunde, die sich so aufführten.

GRAYSON ABBOT STARRTE AUF DIE TÜR DES SALONS. ER SOLLTE ihr nachgehen und erklären, was ihn geritten hatte. Es war ja nicht ihre Schuld, dass er weggehen würde. Er wollte nur sichergehen, dass sie auch ohne ihn zurechtkam. Er würde nicht mehr lange hier sein, um auf sie aufzupassen. Bald schon wäre er in Eton und könnte sie nur noch in den Ferien besuchen. Vor einer Woche hatte Vater ihn darüber informiert. Er hätte damit rechnen müssen. Alle jungen Herren begannen ihre Ausbildung in Harrow oder Eton. Ein Hauslehrer konnte einen Erben nur bis zu einem bestimmten Grad unterrichten. Grayson hatte bereits jedes Buch verschlungen, das sein Hauslehrer ihm in die Hand gedrückt hatte. Es dürstete ihn nach Wissen, aber ihm war nicht klar gewesen, wohin das führen musste. Er musste Juliette verlassen, und es gab nichts, was er dagegen tun konnte. Sie war seit so langer Zeit seine einzige Freundin, dass er sich nicht vorstellen konnte, wie ein Tag aussah, an dem sie einander nicht begegneten.

Er sollte sich entschuldigen, und doch blieb er stehen wie festgefroren.

Juliette würde das nicht verstehen. Sie würde glauben, dass er sie im Stich ließ, und das Herz würde ihr brechen. Sie schickte Wünsche an Sternschnuppen und glaubte immer noch daran, dass sie sich erfüllen würden. Wie konnte er so gemein zu ihr sein? Er seufzte und zwang seine Füße, sich in Bewegung zu setzen. Je schneller er sie fand, desto eher könnte er sich ihr zu Füßen werfen.

Er fand sie im Billardzimmer, wie sie Kugeln über den Samt rollen ließ. Mit sanften Geräuschen stießen die Kugeln aneinander. "Wenn dein Vater dich hier findet, wird er dich bestrafen."

"Ist mir egal", erwiderte sie brummig. "Weihnachten ist sowieso ruiniert. Ich habe nichts dagegen, die ganzen nächsten Tage auf mein Zimmer verbannt zu werden. Dann muss ich dich wenigstens nicht sehen."

Grayson seufzte. Warum schmolz ihm das Herz, wann immer er in ihrer Nähe war? Seit so langer Zeit bedeutete ihm dieses Mädchen so viel. Ihre rabenschwarzen Strähnen umspielten in weichen Locken ihre Schultern, und ihre blaugrünen Augen, sonst glitzernd und voller frecher Ideen, waren jetzt traurig. Das war seine Schuld. Er hatte ihr Weihnachten kaputtgemacht, eine Entschuldigung konnte das kaum richten.

"Bitte vergib mir", murmelte er. "Ich wollte meine Stimmung nicht an dir auslassen."

Bei seinen Worten blickte sie auf. Ihre Augen hellten sich auf, ein wenig der Traurigkeit verschwand, aber die Tränen, die verrieten, was sie von ihm dachte, waren auf ihren Wangen kaum getrocknet.

"Was ist denn los?" Sie kam zu ihm. "Ich helfe dir, wenn ich kann."

Er wusste, dass sie alles für ihn tun würde. Denn das war, was Freunde machten. Doch bald läge eine große Entfernung zwischen ihnen, und es gab so etwas wie Freundschaft zwischen einem Lord und einer Dame nicht. Es war das Beste, wenn er das jetzt beendete und zuließ, dass sie ohne ihn erwachsen wurde. Sein Vater hatte ihm erklärt, dass er sich eine Freundin wie Lady Juliette nicht leisten konnte, wenn er in Eton war. Man würde ihn dafür auslachen, und er wäre noch heimwehkranker als ohnehin schon.

"Du kannst aber nichts tun, Püppchen", sagte er. "Ich werde zur Schule geschickt und nicht länger nebenan wohnen."

"Nein", sagte sie. "Du kannst nicht gehen. Ich lasse dich nicht fort."

Er presste die Lippen zusammen und schüttelte langsam den Kopf. "Ich muss. Eines Tages werde ich ein Herzog sein, und ich brauche die Ausbildung, damit ich meine Ländereien richtig verwalten kann."

Störrisch hob Juliette den Kopf und verschränkte die Arme vor der Brust. "Aber bis dahin ist noch so viel Zeit. Dein Vater ist der Herzog, und er darf dich nicht wegschicken."

"Oh, Jules", sagte er traurig. "Ich will aber gehen."

Das war für ihn das Schlimmste. Es war mehr als nur der Hunger nach Wissen. Er wollte Freunde finden, die keine kleinen Mädchen von nebenan waren. Jungen in seinem Alter mit gleichen Interessen. Juliette war seine Vergangenheit, aber vor ihm lag eine Zukunft, die geplant werden wollte. Hier auf dem Anwesen zu hocken, mit nur einem Hauslehrer und einem Mädchen als einziger Freundin, brachte ihn seinen Zielen nicht näher.

"Das dachte ich mir schon", sagte sie traurig. "Ich hatte nur gehofft, es wäre gegen deinen Willen gewesen."

Seine Lippen zuckten. Juliette schaffte es immer, ihn zu überraschen. Sie war erst neun, aber manchmal benahm sie sich, als wäre morgen schon ihr gesellschaftliches Debüt. Er nahm an, dass es viel mit ihrer Isolation zu tun hatte. Es war ihnen beiden nicht erlaubt, mit den Kindern der Bediensteten zu spielen, und andere Kinder in ihrer sozialen Stellung gab es hier nicht. Sie waren gezwungen, viel zu schnell erwachsen zu werden.

"Es ist ja nicht für immer", versprach er. "In den Ferien und an langen Wochenenden komme ich nach Hause. Wir sehen uns ja."

Juliette ließ sich auf einen Stuhl sinken. "Das ist nicht dasselbe."

Was konnte er tun, damit sie ihn verstand? Nichts. Sie brauchte keine Erklärungen. Ihr Blick sagte alles. Sie wusste, warum er fortging, aber der Gedanke gefiel ihr trotzdem nicht. "Du wirst mich schon bald vergessen haben. Du wirst auf eine Mädchenschule gehen und lernen, wie man sich als richtige Dame benimmt. Und dann hast du dein Debüt und findest einen Gemahl. Ich werde dann nur noch eine vage Erinnerung sein, ein seltsamer Junge, der mal dein Spielkamerad von nebenan war."

Sie schüttelte den Kopf. "Ich werde dich niemals vergessen."

Traurigerweise wusste er, dass sie recht hatte. Ein Teil von ihm wollte nicht, dass er sie vergaß. Das hier war vielleicht ihr letztes gemeinsames Weihnachtsfest, und er wollte es nicht mit melancholischen Gedanken verschwenden. Es musste doch etwas geben, womit er wieder ein Lächeln auf ihr Gesicht zaubern konnte. Ein Gedanke kam ihm, und er entschied, es zu versuchen.

"Ich will nicht, dass du traurig bist", sagte er. "Ich habe ein Geschenk für dich. Willst du es jetzt haben?"

"Oh ja." Juliette nickte heftig. "Bitte."

"Lass es mich schnell holen", erklärte er. "Wir treffen uns im Salon. Ich will nicht, dass du bestraft wirst, weil du im Billardzimmer bist." Er konnte nichts gegen seinen Wunsch, sie zu beschützen, tun. Solange er in ihrer Nähe war, war sie das Wichtigste. So war es schon so lange, dass er die Angewohnheit nicht einfach abschütteln konnte.

"Na gut", stimmte sie zu.

Sie verließen das Billardzimmer. Juliette schlug den Weg zum Salon ein, und Grayson lief zu seiner Kammer. Während der Weihnachtszeit verbrachte seine Familie mehrere Tage in Riverdale Park, und die anderen Tage kam Juliettes Familie nach Schloss Kissinger. Das Geschenk hatte Grayson Juliette geben wollen, wenn sie allein waren. Sein Vater würde ihn ausschimpfen, wenn er wüsste, was Grayson vorbereitet hatte. Aber Juliette würde es lieben. Schnell verbarg er das kleine Päckchen in seiner Jackentasche. Als er überzeugt war, dass es nicht rausfallen konnte, lief er hinunter in den Salon. Dort fand er Juliette, die erneut aus dem Fenster starrte.

Hier kam seine zweite Chance, sein unmögliches Verhalten von vorhin auszubügeln. Er würde denselben Fehler nicht noch einmal machen.

"Noch mehr Sternschnuppen?"

Sie kicherte. "Nein, ich glaube das war die einzige, die wir jemals sehen werden."

"Ich weiß nicht. Eines Tages sehen wir vielleicht mal wieder eine."

Welcher zwölfjährige Junge hatte jemals ein Mädchen angesehen und gewusst, dass sie die einzige war, der sein Herz gehören konnte?

Grayson blickte auf sie hinab. Juliette war erst neun Jahre alt. Er würde die Frau, die sie in einem Jahrzehnt wäre, wahrscheinlich gar nicht erkennen. Sie beide mussten erwachsen werden, und vielleicht, wenn sie beide volljährig waren, würden sie gar nicht mehr zusammenpassen.

"Hast du mein Geschenk?"

Er fasste in seine Tasche und holte das kleine Kästchen heraus. Fest schloss er die Hand um die scharfen Kanten. Als er es gekauft hatte, war er überzeugt gewesen, dass sie es lieben würde. Aber was, wenn er sich irrte?

Die Antwort konnte er nur auf eine Art herausfinden. Zögernd streckte er die Hand aus und reichte es ihr.

Freudig klatschte sie in die Hände und riss das Papier auf. Und dann blieb sie still, eine halbe, herzzerreißende Ewigkeit lang.

"Oh Gray!" Sie seufzte. "Es ist wunderschön!"

Sie nahm das winzige Medaillon heraus und öffnete es. Ein noch viel kleineres Bildnis von ihm klebte darin. "Wenn es dir nicht gefällt, kannst du ja auch ..."

"Denk gar nicht daran, diesen Satz zu Ende zu sprechen. Das ist das schönste Geschenk, das du mir jemals machen konntest." Fest umschloss sie es mit der Faust. "Wann immer ich traurig bin, dass du nicht mehr da bist, kann ich es ansehen und an dich denken."

Erleichtert seufzte er. Also hatte er das Richtige getan, aber ein Teil von ihm fragte sich dennoch, ob sie lediglich das Unausweichliche hinauszögern wollte. Es war seine Aufgabe, sie zu ermutigen, weiterzugehen, und mit diesem Geschenk tat er nichts dergleichen.

"Freut mich, das es dir gefällt."

"Kannst du mir etwas versprechen?", fragte sie.

Grayson wollte ihr die ganze Welt versprechen. Er würde

sie ihr zu Füßen legen, wenn das bedeutete, dass sie weiter so glücklich war wie in diesem Moment. "Natürlich", sagte er.

"Wann immer ich dich brauche, bist du für mich da." Voller Vertrauen blickte sie ihm in die Augen. "Ganz egal, was du dafür tun musst."

Grayson öffnete den Mund zu einer Antwort, aber er war nicht sicher, ob das eine gute Idee war. Was sie sagte, sollte eigentlich leicht zu erfüllen sein, aber er fürchtete, dass es so einfach nicht wäre. Nichts war jemals einfach, wenn es um Versprechen ging. Er würde es hassen, ein Versprechen nicht einzulösen, weil es bedeutete, dass er den Teil von ihr zerbrach, den er immer am meisten gemocht hatte. Ihr Vertrauen in ihn, so unerschütterlich und ein bisschen einschüchternd. Er fürchtete, dass er ihre Erwartungen niemals würde erfüllen können. Aber vielleicht dachte er auch einfach zu viel nach und sollte ihr einfach geben, was sie sich wünschte. Sie würden einander nach diesem Weihnachtsfest vermutlich sowieso nicht so bald wiedersehen. Also stimmte er schließlich zu.

Er nickte. "Ich verspreche es. Ich werde immer für dich da sein. Du kannst dich darauf verlassen, dass ich alles tun werde, um dir zu helfen."

Grayson schwor, dass er das Versprechen halten würde, auch wenn es ihn alles kosten mochte ...

KAPITEL 1

Könnte ihr Leben noch schlimmer werden? Lady Juliette Brooks fiel auf ihr Bett und seufzte frustriert. Sie sollte in der Lage sein, sich der Gesellschaft zu stellen und einen Ehemann zu finden. Es war ihr größter Wunsch, dem Haus ihres Vaters zu entkommen und selbst eine Familie zu gründen. Sie würde sogar allein fliehen. Ihre Stiefmutter Eloise war ihr Verderben.

Wäre doch nur Mutter nicht gestorben. Alles wäre so anders, und Juliette hätte ihre erste Saison in London nicht abbrechen müssen. Sie war noch nicht mal vierzehn Tage hier gewesen, als die Tragödie zuschlug. Nicht genug Zeit, um Interesse zu wecken, und selbst wenn sie jemandem aufgefallen wäre, reichte es nicht dafür, dass jemand sie näher kennenlernen wollte. Sie hatte keine Freunde gefunden, mit kaum jemandem gesprochen und sich am wohlsten am Rande der Gesellschaft gefühlt. Jedenfalls war es das, was sie sich selbst sagte. Nie hätte sie gedacht, dass sie das Mauerblümchen sein würde, das nur zusah, während all die anderen Damen durch den Ballsaal wirbelten und voller Begeisterung lachten.

Nichts war so, wie sie es sich vorgestellt hatte, und der einzige Mensch, den zu sehen sie gehofft hatte, hatte sich so lange nicht mehr gemeldet, dass sie die Jahre nicht mehr zählen konnte. Nach dem Ende der Trauerzeit hatte Juliette geglaubt, dass sie in die Gesellschaft und auf den

Heiratsmarkt zurückkehren würde. Aber das hatte nicht sollen sein. Stattdessen hatte ihr Vater Eloise gefunden und sie sofort geheiratet. Die neue Lady Riverdale wollte mit Juliette nichts zu tun haben. Sie gab keine neuen Roben in Auftrag und tat nichts, um Juliette wieder in die Gesellschaft einzuführen. Vater war mit seiner neuen Gräfin viel zu beschäftigt, um sich um Juliette zu kümmern. So, wie sie von allen ignoriert wurde, könnte sie genauso gut unsichtbar geworden sein. Nach einer Weile hatte sie sich daran gewöhnt und begann es zu mögen, dass niemand sie wahrnahm. Sie vergrub sich in Büchern und bereitete sich auf das Leben als alte Jungfer vor. Warum sollte sie auch heiraten? Hier, in Vaters Haus, hatte sie alles, was sie brauchte. Wer benötigte neue Kleider, wenn die alten ausgebessert und geändert werden konnten? Das war es zumindest, was sie sich einredete.

Bis zur Geburt ihres kleinen Bruders hatte sie sich zurückgezogen und nur getan, was ihr Spaß machte. Doch als Vater plötzlich seinen Erben hatte, erinnerte sich der Graf plötzlich daran, dass er noch ein zweites Kind hatte. Eine Tochter, die er vernachlässigte und für seine neue Familie beiseite warf. Juliette vermutete, dass Eloise der Grund für seine neuerliche Aufmerksamkeit war. Seit geraumer Zeit hatte die sie misstrauisch beobachtet, und sie machte kein Hehl daraus, dass sie Juliette aus dem Haus haben wollte. Und so, Jahre nachdem sie ihren zweiten Versuch eines Debüts hätte haben sollen, wurde jetzt doch wieder eine Saison für sie geplant.

Mit fünfundzwanzig hatte sie nicht mehr davon geträumt.

Sie konnte nicht viel länger in ihrer Kammer herumtrödeln. Ihr Vater hatte ihre Anwesenheit in seinem Arbeitszimmer verlangt. Sie konnte nur raten, was er von ihr wollte, aber seitdem die Magd sie über den Wunsch des Grafen informiert hatte, hatte Juliette Magenschmerzen. Langsam wanderte sie die Treppe hinab und weiter in die Richtung, wo das Arbeitszimmer lag. Vor der Tür hielt sie an und lauschte.

"Lord Payne wird einen wunderbaren Gemahl für Juliette abgeben", gurrte ihre Stiefmutter. "In ihrem fortgeschrittenen

Alter hat sie wenig Auswahl, und ein Viscount ist mehr, als sie zu hoffen wagen darf."

Juliette öffnete den Mund in einem lautlosen Luftschnappen. Sie legte beide Hände über ihr Gesicht. Nicht mal Eloise konnte so gemein sein. Sie musste doch den Ruf des Viscount kennen! Es hieß, dass er Bedienstete und kleine Kinder schlug. Was er als sein Eigentum betrachtete, damit konnte er machen, was er wollte. Mit einer Frau würde er kaum anders verfahren. Sie wäre lieber tot, als dass sie sich an einen solchen Mann binden ließ. Ihr Vater konnte dem nicht zustimmen, er würde nicht ...

"Er besitzt ein gutes Vermögen", antwortete ihr Vater. "Seine Ländereien sind ausschweifend, und weder trinkt er über die Maßen, noch frönt er der Spielsucht."

Juliettes Herz sank, als sie die Worte ihres Vaters hörte. Es gab mehr Dinge über einen Mann zu wissen, als wieviel er trank oder spielte. Sie wollte nicht an einen armen Mann verschenkt werden, aber wenn sie die Wahl hatte, würde sie lieber in einer Bruchbude leben, statt jeden Tag geschlagen zu werden. Und wenn man sie zwang, Lord Payne zu heiraten, würde genau das passieren. Juliette trat näher und spähte durch den Türspalt.

"Er ist auch nicht zu alt für sie." Ihre Stiefmutter ließ sich auf dem Schoß ihres Vaters nieder. "Sie wird trotzdem eine eigene Familie haben. Juliette sollte wissen, wie schön es ist, Mutter zu sein. Es ist eine gute Verbindung. Wenn Lord Payne in ein paar Tagen herkommt, um den Ehevertrag zu unterschreiben, wird deine Tochter gut versorgt sein."

Juliette ballte die Hände zu Fäusten. Wie konnte Eloise es wagen! Das einzige, worum ihre Stiefmutter sich sorgte, war ihr eigenes Auskommen. Sie sah in Juliette eine Gegenspielerin, und nun tat sie alles, was in ihrer Macht stand, um sie loszuwerden. Warum so eilig? Es waren nur noch wenige Monate bis zum Frühjahr. Warum musste Eloise das alles so hastig über die Bühne bringen? Sollte Juliette nicht selbst wählen dürfen?

Sie hielt es nicht mehr aus. Wenn sie noch eine Sekunde länger lauschte, würde sie sich übergeben. Eloises Plan musste Einhalt geboten werden.

Juliette schob die Tür auf und räusperte sich. "Vater, du wolltest mich sehen."

Eloise und ihr Vater saßen in leidenschaftlicher Umarmung. Bei dem Anblick formte sich ein Knoten in Juliettes Kehle. Sie sollte sich inzwischen daran gewöhnt haben, doch es war ihr immer noch unangenehm. Ihre neue Stiefmutter war ein Eindringling. Sie würde ihr niemals die Mutter ersetzen, und Juliette würde niemals aufhören, sich nach der Liebe ihrer Mutter zu sehnen. Die neue Gräfin mochte eine Schönheit sein, aber sie war egoistisch und eitel.

Eloise erhob sich und trat ihr entgegen. "Komm doch herein, Liebes. Es gibt vieles, das dein Vater und ich mit dir zu bereden wünschen."

Darauf wollte sie wetten. Sie waren drauf und dran, sie in ihr Unglück zu stürzen, in eine Misere, wie sie sie seit ... nun, mindestens seit Mutters Tod nicht empfunden hatte. Und davor nur einmal, nämlich als sie ihren einzigen Freund verloren hatte. Was machte es schon, wenn noch ein weiterer Schicksalsschlag sie ereilte? Wenn es nach ihr ging, war das definitiv der letzte, den Vater oder Eloise ihr verpassten. Sie würde nicht hierbleiben.

"Oh?" Sie hob eine Braue. "Bitte, ich höre."

"Warum setzt du dich nicht, Liebes?" Ihr Vater wies auf einen Stuhl. "Es gibt Vieles zu sagen."

Juliette folgte der Aufforderung ihres Vaters und setzte sich. Als Kind war das Arbeitszimmer einer ihrer liebsten Räume gewesen. Zumindest im Stadthaus in London. Ihr liebster Ort auf der Welt war Riverdale Park, aber sie hatte den Landsitz der Familie seit Jahren nicht besucht. Nicht seit dem Tod der Mutter. Ihr Vater hatte entschieden, lieber in London zu bleiben, anstatt an diesen Ort voller Erinnerungen zurückzukehren. Dort gab es nichts als Schmerz für ihn, aber dann hatte er Eloise kennengelernt. Die neue Gräfin hasste das Landleben und bettelte ihn an, in London zu bleiben. Etwas in Juliette sehnte sich nach den Weihnachtsfeiern von früher. Als Riverdale Park sich mit Gästen gefüllt hatte und die Festlichkeiten Tage währten.

Im Vergleich war London wirklich hässlich und düster.

"Nach reiflicher Überlegung", begann ihr Vater, "habe ich eine Entscheidung betreffs deiner Zukunft getroffen."

"Das hast du getan?" Juliette neigte den Kopf. "Soll ich neue Kleider kaufen? Ich brauche etwas Moderneres für die neue Saison."

Wenn ihr Vater herausbekam, dass sie an der Tür gelauscht hatte, würde er sie für ihren Ungehorsam bestrafen. Also musste sie mitspielen, und hinterher einen Fluchtplan ausdenken. Lord Payne jedenfalls würde sie nicht heiraten.

"Ich fürchte, das wird nicht nötig sein", sagte Eloise. Ihre Lippen kräuselten sich zu einem selbstverliebten Lächeln. "Du wirst keine Saison haben."

"Nicht?" Sie riss die Augen in gespieltem Schock auf. "Warum? Ist etwas geschehen?"

Sie wollte dieses Lächeln aus dem Gesicht der Gräfin herausschlagen. Eloise glaubte, dass sie gewonnen hatte, aber sie würde begreifen, dass dem nicht so war. Ihre Stiefmutter wollte sie loswerden, und das würde sie auch. Allerdings auf eine andere Weise, als geplant.

Die brummige Stimme ihres Vaters unterbrach ihre Gedanken. "Ich habe mit dem Viscount Payne gesprochen. Er ist daran interessiert, dich zu ehelichen, und ich denke, dass es eine gute Verbindung ist. Er wird in weniger als vierzehn Tagen hier sein, um über die Papiere zu gehen."

Juliette verkrampfte ihre Finger. Sie konnte nicht tun, wonach es sie verlangte, und laut schreien. Es würde nichts ändern, wenn sie Gefühlte zeigte. Denn Eloise würde alles, was sie konnte, gegen sie verwenden, und ihren Vater dorthin lenken, wohin sie ihn haben wollte.

"Vater", begann sie. "Ich weiß es zu schätzen, dass du dich für mich um meine Zukunft kümmerst, aber ich wünsche Lord Payne nicht zu heiraten. Ich möchte die Schuld nicht Mutter zuweisen, aber ich hatte keine Debütsaison. Ich würde gern wenigstens eine kurze Zeit in der Gesellschaft haben." Ermutigend lächelte sie. "Wenigstens eine Wahl treffen."

Oh bitte, lass ihn zustimmen. Sie konnte Lord Payne nicht heiraten. War sie nicht schon genug gestraft? Nein, vermutlich nicht. Denn die höchste Strafe wäre der Verlust ihres Lebens, und dieser Preis war zu hoch. Da gab es noch zu viel, das sie mit ihrem Leben anfangen wollte.

"Ich fürchte, ich kann dich nicht verwöhnen, Kind."

Beinahe schnaubte Juliette. Sie war seit Jahren kein Kind

mehr, aber wahrscheinlich würde ihr Vater sie immer als eines sehen. "Lord Payne besteht darauf, dass der Vertrag jetzt oder gar nicht unterzeichnet wird."

Perfekt, soweit es sie betraf. Sie wollte den Viscount nicht heiraten, und es gab nichts, das ihre Meinung ändern würde. "Ich verstehe", antwortete sie. "Das wäre natürlich ein herber Verlust ..." Sie machte eine Pause und legte sich die Worte zurecht. "Aber es wird sicher andere geben, die mich heiraten wollen. Eine Verbindung in die Familie der Riverdales ist nichts, das nicht erstrebenswert wäre."

"In der Tat", stimmte er zu. "Aber genau dasselbe gibt es auch über Lord Payne zu sagen. Es ist eine gute Verbindung, und meine Entscheidung steht fest. Die Verträge werden noch vor Weihnachten unterzeichnet, und im Neuen Jahr wirst du ihn heiraten."

Juliette schluckte an dem Kloß in ihrer Kehle. Sie konnte mit ihrem Vater nicht vernünftig reden. Er stand vollständig unter Eloises Einfluss. Sie zog seine Fäden, und damit wohl auch die von Juliette. Jedenfalls glaubte sie das. Nun, früher oder später würde die Gräfin erkennen, dass niemand Juliettes Fäden zog. Noch vor dem Ende des Tages wäre sie verschwunden, raus aus ihrer aller Leben.

"Wie du wünschst." Juliette nickte unterwürfig. Nichts durfte auf ihren Plan hindeuten. "Bin ich entschuldigt?"

"Ja, Liebes", sagte ihr Vater. "Wenn Lord Payne ankommt, wünsche ich, dass du dein bestes Betragen zeigst."

"Natürlich, Vater", antwortete sie. "Ich bin immer eine richtige Dame." Auch wenn er es nicht für nötig befunden hatte, sie auf eine Mädchenschule zu schicken. Wenn es drauf ankam, konnte ihr Vater wirklich geizig sein. Er glaubte, dass es unnötig war, Geld für die Ausbildung eines Mädchens zu verschwenden. Ihre Lektionen in Betragen hatte der Earl ihrer Mutter und einer Gouvernante übertragen.

Sie neigte den Kopf und erhob sich, um zu gehen. Als sie die Tür erreichte, hielt die Stimme ihrer Stiefmutter sie noch einmal auf.

"Juliette, Liebes", sagte Eloise. "Ich bringe dich auf dein Zimmer. Es gibt etwas, über das ich mit dir reden möchte."

Verdammt. Was wollte die Frau denn noch? Hatte sie ihr Leben nicht schon genug ruiniert? Juliette wandte sich um und blickte Eloise an. "Ich freue mich darauf." Sie wartete, bis die Gräfin an ihrer Seite war. Nebeneinander durchquerten sie schweigend die Halle. Wann würde sie etwas sagen?

"Ich hoffe, du machst keine Szene wegen der Ehe", begann Lady Riverdale. "Lord Payne wird dir ein guter Gemahl sein."

Juliette biss sich auf die Unterlippe. So fest, dass ein Tropfen Blut in ihren Mund rann. Wenn sie aussprach, was sie wirklich dachte, würde Lady Eloise alles nur noch schlimmer für sie machen, und dann wäre eine Flucht so gut wie unmöglich. Also musste sie so zustimmend wie möglich auftreten.

"Ich freue mich darauf, meine eigene Familie zu gründen. Das wollte ich immer."

"Gut. Ich bin froh, dass wir eine so vortreffliche Verbindung für dich in die Wege leiten konnten."

Sie erreichten Juliettes Kammer. Gott sei Dank. Sie konnte Eloise eine gute Nacht wünschen und dann ihre Flucht planen. "Gute Nacht, Lady Riverdale." Sie sprach immer formell mit Eloise. So wollte die Gräfin es haben. Doch in Gedanken konnte Juliette sie nennen, wie auch immer sie wollte. Die Gräfin nickte.

Als Juliette endlich in ihrer Kammer war, verriegelte sie die Tür und holte ihr Reiseköfferchen aus dem Schrank. Sie konnte nicht viel mitnehmen, aber es gab ein paar Dinge, die sie nicht zurücklassen wollte. Das meiste davon hatte nur einen sentimentalen Wert, denn wirklich wertvolle Dinge besaß sie kaum. Die paar Münzen mussten reichen. Sie hoffte nur, es reichte.

Wenn er das Versprechen hielt, das er ihr vor so vielen Jahren gemacht hatte, brauchte sie sich um nichts zu sorgen. Er war ihre einzige Hoffnung, und wenn er ablehnte, hatte sie keine Wahl und musste tun, was ihr Vater verlangte. Sie betete, dass es dazu nicht kommen würde. Ein trauriger Tag, an dem sie ihr Schicksal in die Hände des Herzogs von Kissinger legte - eines Wüstlings und Lebemannes, eines Mannes, der alles entehrte, was in einem Rock steckte, und ein Schurke vom schlechtesten Ruf war. Die Skandalblätter waren voll mit Geschichten über ihn.

AUSZUG: SCHON IMMER MEIN VICOMTE

FÜR ALLE ZEITEN GELIEBT

DAWN BROWER

PROLOG

Mai 1813

Donovan Turner, Viscount of Warwick, schlenderte durch sein Londoner Stadthaus ohne jegliche Sorge. Er pfiff eine fröhliche Melodie, während ihn mit jedem Schritt Aufregung erfüllte. Nichts konnte die Freude, die sich in ihm angesammelt hatte, zerstören. Er betätschelte seine Jacke, um sicherzugehen, dass er noch da war. In seiner innersten Tasche lag ein Ring. *Der Ring*—ein diamantener Solitär, der von Saphiren flankiert wird. Der Eine, welchen er speziell für sie ausgesucht hatte. Die eine Frau, die immer sein Herz halten würde, und die er bis an sein Lebensende lieben würde. Die Saphire passten zu ihren Augen. Er hoffte, dass er ihr gefiel …

Er rieb seine Hände an seiner Hose ab. Sie waren von seiner Nervosität schweißbedeckt. Bald würde er sie sehen und in diesem Moment würde er ihr einen Antrag machen. Irgendwo ungestört und romantisch—was auf einem Ball schwer sein würde. Das heißt, wenn es um jemand anderen als ihn gehen würde. Er hatte bereits einen Teil des Personals im Halford House bezirzt, um ihm zu helfen. Es gab einen speziellen Fleck in Lady Halfords Garten, der perfekt für das wäre, was er im Sinn hatte. Eines der Küchenmädchen würde eine Flasche Champagner und zwei Flöten für sie dort lassen, um damit zu feiern. Es würde absolut perfekt werden.

Die Uhr schlug im Flur. Es war Zeit zu gehen. Die Kutsche sollte bereit sein, um ihn zum Ball zu bringen. Es wäre das erste Mal, dass er schon zu Beginn eines Balls ankam. Er glaubte normalerweise daran schick zu spät zu kommen. Für seine Estella würde er immer pünktlich sein. Sie bedeutete ihm zu viel, als dass er sie warten ließe. Außerdem war er ein liebestrunkener Dummkopf und konnte es nicht aushalten von ihr getrennt zu sein. Die Zeit, in welcher sie getrennt waren, war pure Folter. Er konnte es nicht erwarten sie zu seiner Ehefrau zu machen und den Rest seiner Tage und Nächte mit ihr zu verbringen. Er sehnte sich danach sie zu beanspruchen und sie zu seiner zu machen, auf jede Art und Weise.

Donovan rauschte aus der Vordertüre hinaus und hüpfte in seine Kutsche. Er pochte ein paar Mal an deren Seite, um den Fahrer zu informieren, dass er bereit war. Ein paar Momente später begann sie sich mit dem Klick Klack von Hufschlägen auf der gepflasterten Straße zu bewegen. Er lehnte sich zurück und wartete ungeduldig bis sie Halford House erreichten. Er hoffte Estella wäre bereits dort, so dass er nicht warten müsste, um sie zu sehen. Es wäre skandalös, aber er plante vollauf alle ihre Walzer für sich zu beanspruchen. Der gewagte Tanz war die einzige Weise, wie er sie öffentlich nahe bei sich halten konnte. Er war so dankbar, dass ihr die Genehmigung erteilt worden war diesen zu tanzen.

Einige Minuten später hielt seine Kutsche an. Er spähte hinaus und sah eine lange Reihe von Kutschen, die Schlange standen. Es würde ewig dauern bis sie die Vorderseite erreichten. Deshalb kam er zu diesen Dingen nie früh. Er fragte sich, ob es schlecht wäre, wenn er jetzt ausstieg und die verbleibende Entfernung ging. Was kümmerte es ihn, wenn er die Schlange der restlichen Gäste übersprang? Er tat immer, was er wollte, und sah keinen Grund das jetzt zu ändern. Donovan öffnete die Tür und stieg hinaus.

»Gibbs«, sagte er, nickte dem Fahrer zu. »Tun Sie, was auch immer Sie tun, während Sie auf mich warten. Ich gehe jetzt hinein.«

»Ja, my Lord«, sagte er.

Donovan schaute nicht zurück, als er schnell auf Halford

House zuging. Als er die Stufe an der Vorderseite erreichte, hielt gerade eine weitere Kutsche an. Er machte sich nicht die Mühe sich umzudrehen, um zu sehen, wer es war. Sie waren ihm nicht wichtig. Er hüpfte die Stufen zur offenen Tür hin hoch. Einer der Diener nickte ihm zur Begrüßung zu. Er ging in Richtung des Ballsaals und der Reihe von Menschen, die darauf warteten angekündigt zu werden. Manchmal waren diese ganzen Formalitäten auf Bällen und Soireen ziemlich lästig.

»My Lord«, sagte ein Diener mit einer Verbeugung.

Donovan ließ seine Einladung auf das Serviertablett fallen, welches der Diener in seiner Hand hielt. Er nickte und brachte sie dem Mann, der die Ankündigungen machte. Als er an der Reihe war angekündigt zu werden, stand er bei der Tür, die in den Ballsaal führte, rang gespannt seine Hände.

»Der Viscount of Warwick«, brüllte der Mann dem ganzen Saal zu.

Stille machte sich breit. Donovan kam nie so früh und die feine Gesellschaft hatte das bemerkt. Er grinste, während Aufregung ihn erfüllte. Das würde Spaß machen. Er schlenderte mit hoch erhobenem Kopf in den Saal. Sie würden es verstehen, wenn die Nacht vorüber war. Bald wäre er nicht länger ein wählbarer Junggeselle, sondern ein Verlobter.

Er suchte den Ballsaal ab, während er eintrat, und entdeckte sie sofort. Lady Estella Simms stand am Rand des Raums neben ihrer Stiefschwester Lady Annalise Parker und ihrem Stiefbruder Lord Marrok Parker, dem Marquess of Sheffield. Marrok muss einbestellt worden sein, um die Damen zu beaufsichtigen. Donovan betrachtete den Mann als einen Freund und Vertrauten. Er hatte bei ihm leichthin erwähnt, dass er eine Heirat in Betracht zog, aber nicht die Dame, die sein Interesse geweckt hatte. Er wollte noch niemanden dieses spezielle Detail wissen lassen.

Er bewegte sich auf die Gruppe zu, wollte nahe seiner Liebsten sein. Lady Estellas Schönheit ließ ihn stehen bleiben. Als er sich näherte, konnte er sie klarer sehen. Ihr rotblondes Haar war in einem eleganten Chignon hoch aufgetürmt, aber ein paar Locken entschlüpften, um ihr liebliches Gesicht zu umrahmen. Ihre bogenförmigen Lippen waren in einem hübschen Rosa getönt und ihre saphirblauen Augen funkelten wie die Juwelen, denen sie glichen. Ihr Kleid war weiß mit blauen Verzierungen. Der Duke of Wolfton, Estellas Stiefvater, glaubte nicht, dass eine Debütantin irgendeine andere Farbe als weiß tragen konnte. Die blauen Schleifen waren Estellas Zeichen der Rebellion.

Er erreichte die Damen und verbeugte sich. »Lady Estella, Lady Annalise«, begrüßte er sie. Dann drehte er sich zu Marrok und nickte. »Sheffield. Ich habe nicht erwartet Sie hier zu sehen.«

Marroks Lippen zuckten. »Noch ich Sie. Was bringt Sie zu etwas so Zahmem wie einem Ball der feinen Gesellschaft?«

»Sie sind nicht so schlecht«, sagte er drollig. »Wenn man sich einmal an sie gewöhnt hat.«

»Sagen Sie, dass das nicht wahr ist«, sagte Marrok entgeistert. »Ich hoffe niemals einen solchen Zustand zu erreichen, als dass ich denke, dass diese eintönigen Vergnügen in Ordnung genug sind, um sie zu besuchen. Ich wäre nicht hier, wenn Vater nicht veranlasst hätte, dass ich Anstandsdame spiele.«

»Es wird dir gut tun unter Leute zu kommen«, sagte Lady Annalise. »Vielleicht findest du sogar eine Frau, die gewillt ist es mit dir aufzunehmen.«

Marrok rollte mit seinen Augen. »Kein Grund mich zu verfluchen, herzallerliebste Schwester. Ich verlasse euch zwei gerne und gehe, um ein Kartenspiel aufzusuchen.«

»Bitte tu das«, sagte sie, während sie eine Strähne ihres schwarzen Haares hinter ihr Ohr schob. »Estella und ich kommen alleine zurecht. Komm und hol uns ab, wenn es Zeit ist nach Hause zu gehen.«

»Sehr wohl«, stimmte Marrok zu. »Kommen Sie, Warwick?«

Während des gesamten Austauschs blieb Estella still. Es passte nicht zu ihr und es machte Donovan Sorgen. Beunruhigte sie etwas? Wollte sie ihn nicht sehen? Er musste einen Weg finden sie bald alleine zu treffen und mit ihr sprechen. Nicht nur, weil er ihr einen Antrag machen wollte, sondern auch, weil er sich Sorgen um sie machte. Sie verhielt sich nicht wie sie selbst.

»Nicht jetzt«, sagte Donovan. »Ich hatte gehofft Lady

Estella würde mit mir tanzen.« Die Stränge des ersten Walzers füllten den Raum. »Würden Sie?«, er blickte sie an, wartete auf ihre Antwort.

Sie blickte ihn an und dann schnell weg. »Ich bin …«

»Oh geh und tanz mit ihm«, sagte Annalise, schob Estella zu ihm hin. »Ein Tanz wird nicht schaden und ihr könnt eine nette Plauderei haben.«

Was bedeutete das? Was versäumte er? Wollte Estella nicht mit ihm tanzen? Er würde sie um keinen Preis verletzen. Er würde sich eher selbst ins Herz stechen, als sie sich auf irgendeine Weise elend fühlen zu lassen.

Estella blickte Annalise an, dann ihn. Langsam hob sie ihre Hand und nickte. »Es wäre mir ein Vergnügen, my Lord.«

Donovan führte sie auf die Tanzfläche. Der Tanz hatte bereits begonnen, aber sie gesellten sich nahtlos zu den anderen Tänzern. Er wartete bis sie vollständig vereinnahmt waren, bevor er sprach. Er wollte, dass sie sich wohl fühlte, aber ihre Nervosität wurde durch den Tanz verschlimmert.

»Estella«, sagte er sanft. »Was ist los?«

Sie blickte nicht zu ihm hoch. Er verstand nicht. Warum war sie so verstimmt?

»Es ist nichts, my Lord«, antwortete sie.

My Lord? Wann hatte sie aufgehört ihn bei seinem Taufnamen zu nennen? Sie haben seit Wochen heimlich geworben. Sie wusste, wie er empfand, und was er für sie erhofft hatte. Er liebte sie … »Ich habe Vorkehrungen getroffen, um uns später im Privaten zu treffen. Ein Diener wird dir den Weg zeigen.«

Sie blickte zu ihm auf. »Ich befürchte ich kann heute Abend nicht, my Lord.«

Etwas stimmte definitiv nicht. »Warum nicht?«

Er wollte es verstehen. Wahrlich, er wollte es, aber nichts, was sie tat oder sagte machte irgendeinen Sinn für ihn. Sie hatten sich einige Male in der Vergangenheit getroffen und sie war sich sehr wohl bewusst, dass sie ihm vertrauen konnte. Er war brav gewesen—meistens. Er war am Ende doch ein Mann und man konnte nicht erwarten, dass er wie ein Mönch lebte. Es gab einige wenige Male, als er einen oder zwei Küsse gestohlen hatte, aber er hatte sie keusch gelassen. Er wollte, dass sie ihm vertraute und erkannte, dass er es ernst mit seinem Bestreben meinte. Keine andere Frau würde ihm passen und Estella vor allen anderen sollte das tief in ihrer Seele wissen.

Estella starrte in seine Augen und sagte unbeirrt: »Diese Sache zwischen uns muss enden.«

Er hörte inmitten der Fläche beinahe auf zu tanzen. Es war jedoch zu tief in ihm verwurzelt, um komplett zu straucheln, und er bewegte sich weiter, sogar als sein Herz in seiner Brust sank. »Was?« Er konnte sie nicht richtig verstanden haben. »Aber—ich—bitte sag mir warum.« Dann konnte er daran arbeiten ihre Meinung zu ändern.

»Es würde nicht funktionieren«, sagte sie entschieden. »Wir sind zu unterschiedlich.«

»Seit wann hat das eine Heirat verhindert?«

»Ich hatte nicht bemerkt, dass wir unsere Gelübde gesagt haben oder kurz davor waren?« Sie hob eine Braue. »Ist mir etwas entgangen?«

»Sicherlich wusstest du es, besser gesagt. Ich hatte gehofft zu warten, bis wir alleine wären. Ich wollte dir heute Abend einen Antrag machen.«

»Du hast also deine Meinung geändert?« Estella neigte ihren Kopf, während er sie auf der Tanzfläche herum schwang. »Welch glücklicher Zufall, dass es dazu dann nicht gekommen ist.«

»Ich hatte keinen Sinneswandel«, sagte er stur. »Ich liebe dich und will den Rest meines Lebens mit dir verbringen. Ich habe einen Ring …«

»Behalte ihn«, sagte sie. »Ich will nichts von dir.«

Donovans Herz wurde bei ihren Worten in eine Million winziger Stücke zerschlagen. Nichts, was sie gesagt hatte, hat irgendeine Art von Sinn gemacht. Sie hatte sich beim letzten Mal, als sie sich gesehen hatten, nicht so verhalten. Sie hatten sich geküsst und versprochen einander für immer zu lieben. Was konnte sich in solch kurzer Zeit verändert haben?

»Estella, Liebling«, sagte er sanft. »Bitte.«

Sie hob spöttisch eine Braue. »Es war amüsant, während es andauerte, aber sicherlich hast du nicht erwartet, dass ich dich tatsächlich heirate. Mein Stiefvater würde eine solche Partie nicht billigen. Du bist der goldene Schelm der feinen

Gesellschaft. Er hat für mich eine bessere Partie im Sinn und ich werde sie akzeptieren.«

Niemals hatte er seinen Ruf mehr gehasst als in diesem Moment. Er war ein legendärer Schelm, na und? Hatte er nicht eine Gelegenheit verdient der Welt zu zeigen, dass er sich ändern konnte? Verdammt noch mal. Er hatte sich geändert. Estella hat ihn zu einem besseren Mann gemacht.

Die Stränge des Walzers kamen zum Ende. Es gab keinen Grund die Charade aufrecht zu erhalten und einen gar größeren Grund zu gehen. Nichts beim Ball würde seine Aufmerksamkeit länger halten und er könnte genauso gut etwas finden, das den Anblick von ihm willkommen heißen würde. Er führte Estella zurück zu Annalise. Er verbeugte sich und sagte: »Es war mir ein Vergnügen. Ich hoffe Sie finden, wonach Sie suchen, my Lady.« Er drehte sich Annalise zu. »Und Sie ebenfalls. Gute Nacht die Damen.« Er drehte sich auf dem Absatz um und verließ den Raum.

Er würde in den Klub gehen. Nein, er würde sein liebstes Bordell besuchen. Vielleicht konnte er sie aus seinem Geist und Herz ausradieren. Nein. Nichts würde das jemals zur Realität werden lassen. Sie würde ihn immer heimsuchen.

ESTELLA KÄMPFTE GEGEN DIE TRÄNEN. SIE WOLLTE IHM nachrennen und um Vergebung bitten. Er war ihr Ein und Alles und sie wollte den Rest ihres Lebens mit ihm verbringen. Verdammt seien ihr böser Stiefvater und seine verachtenswerten Gebräuche. Warum hatte er nicht der gute Mann sein können, von dem ihre Mutter geglaubt hatte, dass er es wäre? Wichtiger, warum hat ihre Mutter sterben müssen und sie in seiner Obhut gelassen? Hätte sie nicht einen besseren Vormund für sie finden können? Ihr Cousin Ryan, Marquess of Cinderbury, hätte sie aufgenommen. Sie hatten als Kinder eine enge Beziehung gehabt. Aber nein, ihre Mutter hatte sichergestellt, dass der Duke of Wolfton die komplette Kontrolle über sie und ihr Erbe hatte. Sie konnte nichts ohne seine Erlaubnis tun.

»Es ist zum Besten«, sagte Annalise. »Du hast Besseres verdient als den Viscount of Warwick.«

»Ich möchte niemand anderen.«

Ihre Stiefschwester zuckte mit den Achseln. »Wir bekommen nicht immer, was wir wollen.«

Wenn sie Zuhause gewesen wären, hätte sie geprustet. Im Ballsaal musste sie so damenhaft wie möglich sein. Annalise verstand das nicht. Sie war niemals verliebt gewesen, geschweige denn, dass ihr Herz aus ihrer Brust gerissen wurde. Der Verlust von Donovan würde immer da sein. Ihn aus ihrer Seele zu beseitigen würde unmöglich sein und in Wahrheit wollte sie das auch nicht. Er war die Liebe ihres Lebens und sie würde ihn liebend sterben.

»Ich kann es nicht erwarten bis du den Mann findest, mit welchem du hoffst den Rest deines Lebens zu verbringen«, sagte Estella vernichtend. »Und lache, wenn dein Vater alles tut, um dich von ihm zu trennen. Dann erinnere ich dich gerne an ebendiese Aussage.«

»Ich glaube nicht an Liebe«, sagte sie. »Alles, was ich brauche, ist jemand, der mich in der Manier verhält, an welche ich mich gewöhnt habe. Ich setze ein Kind oder zwei für ihn in die Welt und suche dann einen Liebhaber zum Vergnügen.«

Wer war diese Frau? Wie waren sie im gleichen Haushalt aufgewachsen und so erheblich verschieden geraten? Sie hatten dasselbe Alter und sie haben die letzten fünf Jahre gemeinsam gelebt. Estellas Mutter war drei Jahre, nachdem sie den Herzog geheiratet hatte, verschieden. Annalise hatte damals netter gewirkt.

»Es ist nicht wichtig«, sagte Estella. »Dein Vater hat mir bereits gesagt, dass ich nach heute Nacht nicht weiter in Wolfton Manor bleiben werde. Morgen werde ich verbannt, bis die feine Gesellschaft vergisst, dass ich existiere. So oder so ist es dem vorzuziehen, was er geplant hatte.«

Sie würde nicht einen alten Lustmolch heiraten, weil der Herzog es befohlen hat. Er hatte erklärt, dass Estella den Earl of Dredfield heiraten würde oder in das winzige Dorf Sheerness verbannt wird. Ihre Großmutter hatte dort ein Häuschen besessen und es Estella nach ihrem Tod vermacht. Sie würde für weitere dreieinhalb Jahre nicht an ihr Erbe kommen. Sie konnte bis dahin dort leben, und wenn sie genug Glück hatte, würde Donovan bis dahin nicht geheiratet haben. Wenn sie nicht länger unter der Kontrolle des Herzogs war, konnte sie ihn anflehen sie zurückzunehmen. Bis dahin musste sie still bleiben. Der Herzog hatte zu viel Macht und konnte sie beide ruinieren.

»Kann schon sein«, sagte Annalise. »Aber erwarte nicht, dass dies das Ende sein wird. Vater mag es nicht zu verlieren.«

Nein, das tat er nicht. Estella betete, dass er es ruhen lassen würde. Zumindest lange genug, so dass sie Kontrolle über ihr Leben erlangen konnte. Dann wäre sie in einer besseren Position sich gegen ihn zu wehren. Eine Träne drohte aus ihrem Auge zu fallen. Sie wischte sie weg, bevor diese sie verraten konnte.

»Das mag sein«, sagte sie. »Aber er hat mich bereits auf die schlimmstmögliche Weise besiegt. Das sollte ihn bis auf weiteres glücklich machen.«

Der Himmel wusste sie wäre weit davon entfernt ... Donovan hasste sie jetzt. Welche Chance hatte sie wirklich ihn zurückzugewinnen? Sie hatte seine Liebe gehabt und alles, was sie zu tun gehabt hatte, war sie zu akzeptieren. Er würde nie verstehen, dass sie ihn fortgestoßen hatte, um ihn zu schützen. An seiner Stelle wäre sie wahrscheinlich ebenfalls nicht versöhnlich. Sie würde einfach ihr Leben leben müssen und hoffen, dass die Zeit seine Wunden heilen ließe. Ihre würden schwären und im Laufe der Zeit genug verhärten, so dass sie das tun konnte, was für sie beide notwendig war.

Es war alles, was sie tun konnte—und sie würde es tun. Sie war stark und fähig. Kein Mann, besonders ihr niederträchtiger Stiefvater, würde sie lange unter Kontrolle haben. Ihre Geduld, Unverwüstlichkeit und Intelligenz würden ihr bis zu dem Tag beistehen, an welchem sie ihn wie den bösen Mann stürzte, der er war.

KAPITEL 1

Juni 1816

Donovan ächzte und umklammerte die Oberseite seines Kopfs. Was, verfluchte Hölle, prallte andauernd gegen seinen Schädel und versuchte geradewegs einen Weg hindurch zu schlagen? Vielleicht sollte er sich herumrollen und das winzige Biest sich durchsetzen lassen. Was hatte er überhaupt, um dafür zu leben? Sein Leben war nicht viel wert und er hatte es so gut wie aufgegeben jemals wieder Glück zu finden. An den meisten Tagen trank er sich selbst zur Besinnungslosigkeit. Er hatte alle Hoffnung an dem Tag verloren, an welchem Estella ihm das Herz gebrochen hatte. Er war vollständig empfindungslos allem gegenüber und sah keinen Sinn darin sich zu kümmern.

Vielleicht war dies das Problem. Er hatte ziemlich heftig getrunken in den vergangenen—na ja, immer. Er konnte sich nicht an das letzte Mal erinnern, als er nüchtern gewesen war. Ehrlich gesagt konnte er sich nicht an das letzte Mal erinnern, wann er sich die Mühe gemacht hatte zu baden. Er musste ziemlich übel riechen. Oh, na ja, es war nicht so, also ob er in nächster Zeit mit einer reizenden Frau ins Bett krabbeln würde. Hatte er nicht das Leben aufgegeben? Er wäre so oder so bald tot.

»Was soll'n wir mit ihm tun?«

Der männliche Akzent ließ wenig Zweifel an seiner

Herkunft. Er war überhaupt keiner der vornehmen Sorte. Wahrscheinlich ein Hafenarbeiter … Wohin war er überhaupt gestolpert? Er sollte seine Augen aufmachen und es herausfinden, aber er konnte sich nicht dazu bringen sich zu bemühen. Sein Kopf schmerzte so bereits schon genug.

»Der Käpt'n wird wiss'n, was zu tun is'«, sagte ein anderer Mann.

Was war das? Ein Klub für ungehobelte Hafenarbeiter? Donovan wünschte sich wirklich, dass er sich daran erinnern konnte, was er getan hatte. Er vermutete, dass sie etwas anderes als Hafenarbeiter sein könnten. Soweit er wusste, war er in die Elendsviertel Londons gestolpert. Wie dem auch sei, er hatte Glück, dass er am Leben war. Wenn er darüber nachdachte … Warum hatten sie ihn nicht geradeheraus umgebracht? Das hätte mehr Sinn gemacht.

»Wir sollt'n ihn auslösch'n«, sagte der erste Sprecher. »Käpt'n Estes würde uns dafür dank'n.«

»Biste verrückt?«, fragte der andere Mann. »Estes hasst es, wenn wir Entscheidungen allein treff'n. Das wird uns nich' gedankt; nur unser eig'nes Leben für uns're Dummheit verwirkt.«

Nun, das beantwortete ein paar Fragen. Sie hätten ihn wahrscheinlich auf eigene Faust getötet. Wer war dieser Estes? Donovan war nicht ganz sicher, ob er den erhabenen Gentleman treffen wollte—wenn er so genannt werden konnte. Er führte mit Sicherheit ein strenges Schiff. Er hätte darüber gelacht, aber leider schmerzte sein Kopf so bereits genug.

»Hast Recht«, stimmte der Mann zu. »Schau nach ihm und ich geh den Käpt'n such'n.«

Er war also auf einem Schiff. Mist und verdammt … Er hatte gehofft, dass er falsch lag. Es ließ sich nicht sagen, wohin sie steuerten. Warum zum Teufel hatte er sich auf einem verfluchten Schiff versteckt? Was hatte er gedacht, würde er erreichen. Er hatte wahrscheinlich nicht beabsichtigt auf diesem verdammten Ding zu sein. Sein Vollrausch hatte ihm in den letzten vergangenen Jahren viel eingebrockt. Dies war nur ein weiteres Abenteuer auf seinem Weg zum Ruin. Vielleicht hätte er wieder auf Besuch ins Manchester Castle gehen sollen. Sein Freund hätte ihm vielleicht geholfen wieder auf den richtigen Weg zu kommen. Nein, der Graf war selig glücklich. Es war scheußlich und wundervoll zu sehen. Er freute sich für Garrick, wahrlich. Aber konnte nichts gegen den Samen der Eifersucht tun, der aufgekeimt war, als er ihn gesehen hatte, wie er die Liebe seines Lebens gefunden hat und in der Lage war sie zu behalten. Er war kein guter Mann oder Freund. Es war das Beste, wenn er fern blieb.

»Biste wach?«, fragte der Mann und trat ihn dann.

Donovan ächzte: »Ach, leck mich am Arsch.«

Er hatte sich nicht auf die Bastarde einlassen wollen, aber dieser eine würde ihn nicht in Ruhe sterben lassen. Oh, na ja, wie spaßig wäre es leise zu gehen? Er war nicht dafür bekannt großartige Entscheidungen zu treffen. Nein, die feine Gesellschaft sprach von ihm als dem goldenen Schelm oder zumindest haben sie das zu tun gepflegt. Er war diesem Ruf in letzter Zeit nicht gerecht geworden. An den meisten Tagen blieb er Zuhause und trank, bis er bewusstlos wurde. Er sah den Grund nicht in der Stadt umher zu gehen, wenn er reichlich Alkohol in seiner eigenen Schatzkammer fand, um die Stunden dahinsiechen zu lassen.

»Lieber nich', Milord«, gab der Mann zurück. »Der Käpt'n wird bald hier sein und Ihr riecht ziemlich streng. Ich würde Euch baldigst über Bord werf'n, aber is' nich' an mir die Entscheidung zu treff'n.«

Wie steht's damit? Er hatte richtig mit seiner Vermutung gelegen. Vielleicht sollte es ihn kümmern, aber es war eine Weile her gewesen. Warum jetzt anfangen? Sicherlich sollte er das. Er hatte ein Anwesen, einen Titel, keine Erben, um das weiterzugeben. Also würde irgendein entfernter Cousin oder irgendwer im Begriff sein seinen Wunsch zu bekommen. Er konnte sowieso nichts damit anfangen ein Vicomte zu sein. Was hatte es ihm jemals wirklich gegeben? Geld? Er schnaubte gedanklich. Das hatte ihm keine Spur von Glück gegeben. Sicherheit? In einem gewissen Maße hatte es das. Geld versorgte ihn mit den Notwendigkeiten des Lebens; jedoch gab es ihm ebenfalls die Mittel, um es zu ruinieren. Wenn er nicht das Geld gehabt hätte, hätte er möglicherweise arbeiten müssen, um zu überleben. Dann hätte er es vielleicht wertgeschätzt, anstatt sich im Alkohol zu ersäufen. Zu was für einer Art Mann machte es ihn, dass er so verdammt einfach aufgegeben hatte?

»Nicht mein Problem«, murmelte Donovan.

»Gütiger Gott«, sagte eine Frau. »Was ist dieser Geruch?«

»Der Herr«, erklärte einer der Männer. »Wir hab'n ihn hier unten gefund'n.«

»Was wollt Ihr, dass wir mit ihm tun?«, fragte ein anderer Mann.

Die Frau blieb still. Sah er so schlimm aus? War dies der berühmte Estes? Er hatte keine Frau erwartet und diese Überraschung war ziemlich nett. Meistens mochte Donovan einen guten Schock. Es ließ ihn sich lebendig fühlen. Dies war eine dieser Gelegenheiten. Er wünschte, dass er die Energie hätte seine Augen zu öffnen, um einen guten Blick auf diesen weiblichen Kapitän zu bekommen. Sie musste groß und stämmig sein, um die Treue dieser Männer zu beherrschen.

Scheiß drauf. Er würde einen kurzen Blick auf sie bekommen. Vielleicht würde es ihm die Energie geben weiterzuleben. Dann konnte er Manchester Castle besuchen und Garrick von dem weiblichen Kapitän erzählen. Sie beide würden sich gut darüber amüsieren. Es würde genug sein, um für eine Weile nüchtern zu bleiben. Er hatte Momente, in welchen er nicht trunken war, aber sie waren dünn gesät. Dies könnte der Katalysator für einen sein.

Langsam öffnete er seine Augen. Er blinzelte einige Male. Vielleicht war er gestorben. Die Frau vor ihm war nicht groß oder stämmig. Sie war schlank gebaut, schmale Hüften eingeschlossen in ledernen Hosen, ein wogendes weißes Oberteil bedeckt von einer ledernen Weste. Ihr rotblondes Haar war an ihrem Rücken herunter geflochten. Diese saphirblauen Augen jedoch—er würde sie in einer Million Lebzeiten nicht vergessen. »Estella?«

~

HÖLLE UND VERDAMMNIS. WAS MACHTE DONOVAN AUF IHREM Schiff? Sie hatte immer beabsichtigt ihn ausfindig zu machen, nachdem ihr Exil geendet war. Sie konnte noch nicht nach London zurückkehren. Ihr Stiefvater behielt den Überblick über sie. Zumindest glaubte er das. Er schickte willkürlich

Spione, um sie zu besuchen. Was der Herzog nicht begriff, sie hatte ihre eigenen Spione. Sie wusste, dass sie kamen, bevor sie angekommen sind. Wenn sie es erfuhr, dachte sie immer daran Zuhause zu sein. Die meiste Zeit war sie das sowieso; dann und wann musste sie jedoch auf dem Schiff sein, um sicherzugehen, dass alles wie geplant lief.

Der Herzog hat ihr nicht viel Geld zum Leben gegeben. Er hatte tatsächlich nichts geschickt, seit sie am Anfang hier angekommen war. Sie musste einen Weg finden zu überleben und sie hatte das erste bisschen Geld genommen und es verdoppelt, dann das verdoppelt, bis sie genug hatte um durch das Jahr zu kommen. Als sie darauf hinab gestarrt hatte, erkannte sie, dass sie nicht weiter spielen konnte. Sie konnte auf diesem Weg nicht genug verdienen und die Chancen zu gewinnen waren jedes Mal niedrig. Sie hatte nichts dagegen ein Risiko einzugehen, aber es musste es wert sein. Dann hatte sie zufällig mitgehört, wie jemand über eine Verschiffungs-Unternehmung prahlte. Zu dieser Zeit hatte sie nicht begriffen, was die Unternehmung genau war, aber sie hatte so oder so aus dieser ihren Nutzen gezogen. Sie hatte das bedeutendste Kartenspiel ihres Lebens gespielt und das Schiff des Mannes und seinen Respekt gewonnen. Er war jetzt ihr Erster Offizier und hielt einmal in der Woche um ihre Hand an.

Sie antwortete Donovan nicht. Er war eindeutig ziemlich betrunken. Vielleicht würde er vergessen, dass er sie gesehen hatte. Sie drehte sich zu ihren Männern und befahl: »Badet ihn. Wenn das erledigt ist, bindet ihn an das Bett in meiner Kammer.« Seine normalerweise schönen goldenen Locken strotzten vor Dreck und Fett. Seine Hautfarbe war weiß und grenzwertig durchscheinend, mit Ausnahme seiner Wangen. Diese hatten vom Alkohol eine rötliche Färbung. Wenn diese Farbe nicht wäre, hätte er tot ausgesehen. Seine Augen jedoch —sie waren das Schlimmste für sie. Die blauen Tiefen waren glasig und schauten beinahe durch sie hindurch. Da erkannte sie, wie schlecht es ihm ging, und dass sie ihm helfen musste.

»Ihr denkt dran ihn zu benutz'n?«, fragte einer der Männer, Schock klang in seiner Stimme nach.

Estella würde Donovan nie benutzen. Sie wollte nur nicht, dass er nach Belieben über das Schiff verfügen konnte. Ihn zu fesseln war ein Erbarmen, das sie niemand anderem gewährt hätte. Donovan jedoch, sie war es ihm schuldig. Sie konnte das den Männern jedoch nicht sagen. Sie verstanden Gewalt und sie musste sie glauben machen, dass sie zu allem fähig war. Sie betastete den Griff ihres Rapiers—dankbar für ihren Fechtunterricht, bevor ihre Mutter gestorben war. Sie gaben ihr die Fähigkeiten, die sie benötigte, um die blutrünstige Schmugglerin zu sein, die diese Männer erwarteten. Das Rapier war jedoch gefährlicher als das Florett, das sie normalerweise benutzte. »Stellst du mich in Frage?«

»Nein, Käpt'n«, sagte er und schluckte dann schwer. »Wir lass'n Euch wiss'n, wenn es erledigt is'.«

»Gut«, sagte sie und drehte sich, um zu gehen.

»Estella«, rief Donovan aus. Sie hielt an, aber blickte nicht zurück. Sie konnte nicht. Er ähnelte nicht einmal entfernt dem Mann, in den sie sich verliebt hatte. Was war mit ihm über die Jahre passiert? Sie hätte nach ihm sehen sollen und danach schauen, dass es ihm gut geht. Dies war ihre Schuld. Sie hatte ihn an den Rand des Ruins gebracht. Es war an ihr sicherzustellen, dass er einen Weg zurück fand.

»Geh nicht«, flehte er. »Warum musstest du gehen …?« Pein erstreckte sich über diese Frage und stach auf sie ein, wo es am meisten wehtat. Ihr Herz brach von neuem. Das war zu viel. Ihr Stiefvater würde dafür bezahlen, was er getan hatte. Sie hatte das vor langer Zeit gelobt und sie beabsichtigte es einzuhalten. Zuerst schuldete sie Donovan eine Erklärung. Wenn er mehr er selbst war, würde sie ihm alles erzählen. Wenn er entschied sie zu hassen, würde sie ihn nicht aufhalten. Wenn sie nach England zurückkehrten, würde sie sicherstellen, dass er es in einem Stück zurück nach London schaffte.

»Käpt'n?«

Sie blickte über ihre Schulter auf das Mannschaftsmitglied. »Ja?«

»Kennt Ihr ihn?«

»Sei nicht albern«, sagte sie. »Er ist nur ein Mann—ein feiner Pinkel, nicht mehr. Ich bin mit niemandem aus dem gehobenen Kreis bekannt.«

Niemand besuchte sie und das machte es einfacher diese Vortäuschung aufrechtzuerhalten. Sie war für sie nicht Lady

Estella Simms und würde es nie sein. Wenn sie ihre Erbschaft erhielt, würde sie England verlassen und niemals zurückblicken. Die einzige Sache, die sie zu bleiben versuchte, war Donovan. Für ihn würde sie alles überdenken und alles tun.

»Er glaubt er kennt Euch«, sagte er geistesabwesend. »Sein Hirn muss noch immer in Alkohol eingelegt sein.«

»Unzweifelhaft«, stimmte sie zu. »Jetzt geh an die Arbeit.«

Er nickte und ging zurück zu Donovan. Der Vicomte kämpfte eine Weile und wurde dann komplett bewusstlos. Es war wahrscheinlich das Beste. Warum hatte er aufgegeben? Hatte es ihn so sehr beeinflusst sie zu verlieren? Möglicherweise war sie es überhaupt nicht. Vielleicht hatte er einen anderen Grund sich an den Rand des Todes zu trinken. Sie konnte nicht der einzige Grund sein, warum er am Leben verzweifelt war. Ihr Donovan war glücklich und charmant gewesen. Er hatte sie von ganzem Herzen geliebt—bis sie es in Stücke zerschlagen hatte. Sie würde all seinen Schmerz von ihm nehmen, wenn sie könnte. Vor allem wollte sie niemals ihre Liebe zerstören. Als ihr böser Stiefvater ihre Beziehung entdeckt hatte, hatte er alles getan, was er konnte, um sie zu zerstören. Schließlich hatte er Erfolg gehabt. Estella hatte zwei Möglichkeiten: Einen alten Mann heiraten und Donovans Herz brechen oder die Dinge mit ihm zu beenden. Beide hatten dasselbe Ergebnis, doch eine gab ihr die Hoffnung sich selbst zu erretten.

Vielleicht hatte ihr das Schicksal schließlich die Gelegenheit dafür gegeben …

AUSZUG: FÜR IMMER MEIN GRAF

FÜR ALLE ZEITEN GELIEBT

DAWN BROWER

PROLOG

Juni 1804

Das Schloss lag inmitten von sanft geschwungenen grünen Hügeln. In der Ferne konnte man die Wellen hören, wie sie an die Küste des nahegelegenen Strands krachten. Miss Hannah Knight hatte über Schlösser gelesen. Zum Teil wurde dieses ihrer Vorstellung gerecht. Es war von enormer Größe, aber ihm fehlte ein Schlossgraben. Sie hatte wirklich gehofft, dass sie in der Lage sein würde eine wirkliche Zugbrücke zu überqueren, wie eine mittelalterliche Prinzessin. Manche Träume sollten nicht passieren. Also wirklich, wie hat sie glauben können, dass die Wildnis von Kent ihren dummen Fantasien hätte gerecht werden können?

„Wie lange werden wir im Manchester Castle sein, Mama?", fragte Hannah.

Lady Redding, ihre Mutter, lächelte zu ihr herunter. „Etwas mehr als zwei Wochen, Schätzchen, ich habe Lady Manchester versprochen, dass wir für einen schönen langen Besuch bleiben werden. Du bist eine ihrer Patentöchter und sie hat gehofft, euch alle drei für eine Zeit lang für sich selbst zu haben."

Hannah knabberte auf undamenhafte Weise auf ihrer Lippe. Sie hatte Lady Manchester einige wenige Male getroffen als sie jünger gewesen war. Dies war ihr sechzehnter Sommer und in ein paar kurzen Jahren versprach ihre Mutter, dass sie debütieren würde. Sie war noch zu jung, um bereits in die Gesellschaft einzutreten. Dies war der Ausgleich, den ihre Mutter ihr geboten hatte—Zeit mit Lady Manchester in einem echten Schloss verbringen. Bislang war sie leicht enttäuscht, aber vielleicht würde das Innere das Fehlen einer Zugbrücke wettmachen.

Die Kutsche rollte die Straße entlang und hüpfte über einige Unebenheiten oder Steine. Hannah drängte sich in ihren Sitz und starrte weiter auf das Schloss. Die Entfernung wurde geringer und sie konnte beinahe ein paar der feinen Details ausmachen. Das Geräusch von Hufschlägen auf dem Boden zog ihre Aufmerksamkeit auf sich. Sie verlagerte ihren Blick und sah einen Mann, der ein wunderschönes weißes Pferd ritt. Die Art, wie sie Märchen zum Leben erweckten. Ihr Atem stockte und ihr Herz schlug schnell in ihrer Brust. Sie waren beide wunderschön. Er hatte dunkles, kastanienfarbenes Haar, das sich um seine Ohren lockte, als der Wind es in eine subtile Unordnung blies. Seine Reithose passte genau. Er musste sich gegen eine Reitjacke und ein Halstuch entschieden haben, weil er ein sich aufbauschendes weißes Hemd trug, das in der Brise wogte.

„Mama", sagte Hannah, während sie in Richtung des stattlichen Mannes gestikulierte. „Wer ist das?"

„Es ist unhöflich so zu winken, Liebes", sie brachte ihre Hand nach oben und stoppte Hannahs. „Ich bin nicht sicher, aber er muss einer von Lady Manchesters Söhnen sein."

Ihre Mutter hatte nicht erwähnt, dass es dort potentielle Werber geben könnte. Oh, er war so gutaussehend. Sie konnte es nicht erwarten ihn persönlich zu treffen. Würde er braune Augen oder möglicherweise blaue haben. War das wirklich wichtig? Wenn es etwas wie Liebe auf den ersten Blick gäbe, war ihr Hannah bereitwillig und vollkommen anheim gefallen. Vielleicht werden manche Träume doch wahr …

„Kennst du ihre Namen?", fragte Hannah hoffnungsvoll.

Sie wollte mehr als das fragen. Wie alt sie waren. Waren sie verheiratet oder verlobt. So vieles, das sie nicht wusste, und sie fühlte sich auf alles davon bedauerlich schlecht vorbereitet. Die Kutsche konnte den Eingang des Schlosses nicht schnell genug erreichen.

„Einer von ihnen ist der Graf von Manchester", sagte ihre

Mutter. „Nathaniel Edwards, oder eher Lord Manchester für dich, Liebes." War der Mann auf dem Pferd Lord Manchester? Sie wollte es herausfinden und seinem perfekten Gesicht einen Namen geben. Ihre Mutter fuhr fort: „Er ist mit Lady Lenora Andersen verlobt. Sie werden heiraten, während wir hier sind."

Hannah wurde es bei ihren Worten schwer ums Herz. Wenn er derselbige Mann wäre, dann würde er nie der ihre sein. Es war sowieso lächerlich von ihr zu denken, dass sie eine Chance hatte. Sie war so reizlos, wie ein Mädchen nur sein konnte. Sie hatte dunkelbraunes Haar und gleichermaßen öde braune Augen. Niemand hat jemals innegehalten, um sie zweimal anzuschauen. Lady Lenora war ein glückliches Mädchen einen solch attraktiven Mann zu heiraten.

Die Kutsche kam vor dem Schloss zum Halten. Das Pferd donnerte daran vorbei und der Mann hielt bei der Türe an. Ein Stalljunge nahm ihm die Zügel ab und führte das Pferd fort. Der Mann drehte sich zu der Kutsche und nickte jemandem zu, den Hannah nicht sehen konnte.

Die Türe der Kutsche schwang auf und sie begegnete dem Blick des hinreißenden Mannes. Seine Augen waren blau. Das beschrieb sie nicht einmal annähernd. Sie waren von einem prächtigen Blau, das dem Meer gleichkam. Sein Haar war leibhaftig sogar noch schöner. Die prächtige Kastanienfarbe war mit Gold gesprenkelt und sah ach so weich aus. Hannah wünschte sie wäre unverfroren genug, um mit ihren Fingern hindurch zu fahren, um es herauszufinden.

„Willkommen im Manchester Castle", sagte er. „Darf ich Ihnen aus der Kutsche helfen?"

„Wo sind Ihre Manieren, junger Mann." Ihre Mutter zog eine Braue hoch. „Stellen Sie sich zuerst ordnungsgemäß vor."

Hannah kicherte, als er betreten ihre Mutter anlächelte. „Ich bitte um Entschuldigung", sagte er und verbeugte sich. „Ich bin Lord Garrick Edwards und wessen Bekanntschaft mache ich?" Sein Blick begegnete wieder Hannahs. Sie hätte ihm nicht antworten können, selbst wenn sie gewollt hätte. Ihre Zunge wollte sich nicht bewegen und ihre Kehle begann sich zuzuschnüren.

„Ich bin Lady Redding und dies ist meine Tochter, Miss Hannah Knight." Sie streckte ihre Hand nach Lord Garrick aus. „Vielen Dank für Ihre Hilfe."

Er half ihrer Mutter aus der Kutsche und kehrte dann zurück, um Hannah zu assistieren. Sie wollte ihm danken. Es wäre das Richtige gewesen, aber ihre Zunge funktionierte noch immer nicht wie sie sollte. Würde sie jemals über die fürchterliche Schüchternheit, die sie plagte, hinwegkommen?

„Meine Mutter hat Sie erwartet", sagte er. „Lady Lakeville, Lady Lenora und Lady Corinne sind bereits hier. Es werden zwei festliche Wochen bis zur Hochzeit. Ich hoffe Sie sind auf all das vorbereitet."

Wer war Lady Corinne? War Lord Garrick mit ihr verlobt? Als sie zunächst seinen Namen gehört hatte, war sie noch einmal hoffnungsvoll gewesen. Er war nicht der Graf, der kurz davor war zu heiraten. Er war frei, falls sie ... So, da ging ihr törichter Geist wieder dahin und dachte, dass sie eine Chance bei einem so gutaussehenden Mann hatte. Natürlich war er von jemand anderem angetan. Lady Corinne war wahrscheinlich wunderschön und ihm in allem ebenbürtig— sogar für einen Zweitgeborenen wie Lord Garrick.

„Es wird gut sein Lady Lakeville wieder zu sehen", sagte ihre Mutter wehmütig. „Es ist zu lange her."

Ihre Mutter verließ Redding Manor nicht oft genug. Sie redete oftmals von ihrer besten Freundin und wie sie diese vermisste. Dieser Besuch war genauso sehr für Lady Redding wie für Hannah.

„Ich begleite Sie nach drinnen", sagte Lord Garrick. „Sie waren im Salon und haben getratscht, als ich für meinen Ausritt gegangen bin."

Die Tür schwang auf und ein steifer, älterer Butler stand auf der Schwelle. Er hob sein Kinn in die Luft als sie näherkamen. Lord Garrick nickte ihm zu und der Butler trat zur Seite.

„Bentley, sind die Damen noch im Salon", fragte Lord Garrick.

Der Diener nickte: „Ja, my Lord."

Lord Garrick führte Sie in den Salon. Die Damen saßen alle mit perfekter Haltung da und tranken Tee aus zierlichen Tassen. Die zwei jüngeren Damen waren bildschön. Sie trugen beide Kleider aus Musselin in zartem Rosa mit weißen Seidenschnörkeln. Sie schienen so identisch, dass Hannah zuerst dachte sie seien Zwillinge. Ihr Haar war goldblond und in einem Knoten an ihrem Hinterkopf geflochten und ihre Augen waren so blau, dass sie mit Lord Garricks in Schönheit konkurrierten. Kein Wunder, dass sich eine oder beide bereits einen Heiratsantrag unter den Nagel gerissen hatten. Lady Lenora würde in die Manchester Linie einheiraten, aber Lady Corinne ebenfalls?

„Mutter", sagte Lord Garrick, während er sich herunterlehnte und ihre Wange küsste. „Ich bringe dir die letzten deiner Gäste. Lady Lenora, Lady Corinne, Lady Lakeville—Darf ich Ihnen Lady Redding und ihre Tochter Miss Knight vorstellen." Er gestikulierte in Richtung Hannah und ihrer Mutter. „Nun, wenn Sie mich entschuldigen würden, ich muss mich von meinem Ausritt frisch machen."

Er verbeugte sich vor den Damen und ging hinaus. Hannah versuchte ihr Bestes um nicht zu starren, aber es war schwierig. Er war zu gutaussehend und sie wollte ihm folgen, wo auch immer er hinging. Es brach ihr das Herz zu realisieren, dass er niemals der ihre sein würde.

„Bitte setzt euch, und ich schenke euch beiden etwas Tee ein. Entschuldigt die Unhöflichkeit meines Sohnes", sagte Lady Manchester. Hannah saß auf einer nahen Chaiselongue und ihre Mutter saß neben ihr. „Er hat eine renitente Natur, die durch nichts zähmbar scheint. Ich hoffe er zügelt sie bevor er sich in diesen Krieg wirft, in welchen England sich involviert gefunden hat."

Hannah runzelte die Stirn. Er würde in den Krieg ziehen? Ihr Herz setzte einen Schlag aus—nein, mehrere Schläge— bevor sie in der Lage war sich selbst zu beruhigen. Die Vorstellung von ihm, wie er sich in Gefahr begab, verängstigte sie. Er sollte in England bleiben, wo es sicher war.

„Mir war nicht gewahr, dass er sich ein Offizierspatent erkauft hat", sagte ihre Mutter zu Lady Manchester. „Das hast du in deiner letzten Korrespondenz nicht erwähnt."

Lady Manchester seufzte. „Er hat uns heute beim Morgenmahl darüber informiert. Er hat es seit einiger Zeit geplant und es nur wegen der bevorstehenden Hochzeit bis jetzt zurückgehalten. Er geht am Tag nach der Zeremonie. Mein Herz kann nur ein bestimmtes Maß an Stress verkraften und dieser Junge wird eines Tages mein Tod sein."

Lady Lakeville hob ihre Hand an ihre Brust. „Oh, du armes

Liebchen ..."

„Ich kann es mir nicht vorstellen", sagte Hannahs Mutter mitfühlend. „Wenn ich einen Sohn hätte, würde es mir grauen."

Der Krieg ging allen nicht aus dem Kopf, aber Hannahs Gedanken kreuzte er nicht. Was in der Welt um sie herum passierte, hatte immer den zweiten Platz nach ihren Büchern eingenommen. Sie reiste, indem sie Seiten meisterlichen Schreibens las. Diese Orte waren ihre Zuflucht, wenn nichts anderes ihre Erwartungen erfüllte. Sie war augenblicklich von Lord Garrick betört gewesen, aber sie kannte ihn nicht wirklich. Das bedeutete aber nicht, dass sie wollte, dass er in den Krieg ging. Was wenn er starb? Plötzlich schien der Krieg viel zu real. Lord Garrick war nun eine lebende, atmende Person ihrer persönlichen Bekanntschaft. Es war schwer etwas zu ignorieren, wenn es dir vor die Füße gestoßen wurde. In einer perfekten Welt hätten sie die Möglichkeit mehr über einander zu lernen. Dieser Krieg würde das verhindern und möglicherweise Schlimmeres. Hannah hatte einen Grund nun aufmerksam zu sein und sie war zukünftig wahrscheinlich nicht mehr so blasiert deswegen. Eine Welt ohne Männer wie Lord Garrick wäre eine Farce.

Nach einer kurzen Aufwartung ließ Lady Manchester ihnen von der obersten Haushälterin ihre Gemächer zeigen. Hannah war dankbar dafür. Erschöpfung begann sich breit zu machen und sie wollte sich ausruhen bevor sie vom Reisen vollkommen erledigt war. Vielleicht sollte sie lernen wie sie ihre Zunge benutzte, wenn sie das nächste Mal Lord Garrick sah. Wenn sie das vollbringen konnte, wollte sie ihn fragen, was ihn dazu brachte sich dazu zu entscheiden seiner Mutter das Herz zu brechen und in den Krieg abzuhauen.

～

ZWEI WOCHEN SPÄTER

Lord Garrick ging durch das Schloss, prägte es sich in seinem Gedächtnis ein. In kurzer Zeit würde er weggehen und nicht zurückblicken. Am Morgen würde sein Bruder seine Gelübde ablegen. Er würde eine Familie gründen und sie würden die Reserve nicht länger benötigen. Der Familienzweig wäre in den Kindern seines Bruders begründet und Garrick würde nicht mehr zurückblicken müssen. Er würde endlich die Freiheit haben, nach welcher er sich seit langer Zeit gesehnt hat. In ein paar kurzen Monaten wäre er einundzwanzig und er wollte die Welt erkunden. Unglücklicherweise war dies beinahe unmöglich zu tun, da sein Land im Krieg mit Frankreich war. Napoleon hatte die Pläne die Welt zu übernehmen, welche er zu sehen ersehnte. Also musste er seine Pflicht tun und für die Freiheit kämpfen, welche Napoleon erhoffte von so Vielen wegzunehmen. Der Mann war ein Tyrann und musste zerquetscht werden. Also hatte er, ohne es seiner Mutter oder seinem Bruder zu sagen, ein Offizierspatent erkauft.

Er hielt an der Bibliothek an und betrat sie. Lesen war keine seiner liebsten Freizeitbeschäftigungen gewesen, aber möglicherweise würde ihm ein gutes Buch helfen. Er war gereizt und zu reiten hatte ihm nicht geholfen sich zu beruhigen, wie es das üblicherweise tat. Garrick hielt plötzlich an, als er vertraute dunkelbraune Locken erblickte. Ihr Blick war, auf was auch immer sie las, fokussiert. Honigfarbene Flecken funkelten in ihren braunen Augen und ihre Unterlippe war hervorgeschoben. Miss Hannah Knight sah vollkommen zum Küssen einladend aus und er war ein Flegel der schlimmsten Sorte, dass er so dachte.

Er setzte sich in Bewegung um sie in Frieden zu lassen, aber sie blickte hoch, als er sich drehte um zu gehen. Ihr Blick verschränkte sich mit seinem und er hätte sie nicht verlassen können, selbst wenn er es gewollt hätte. Es verschlug ihm den Atem aus seinen Lungen und er kämpfte darum Luft zu bekommen. Sie war ein hübsches Mädchen, aber genau in diesem Moment war sie wunderschön und ach so lebendig.

„Ich habe nicht beabsichtigt Sie zu stören", sagte er.

„Das haben Sie nicht", murmelte sie, während sie eine verirrte Locke ihres Haars zurückstrich und ihren Blick von ihm weg bewegte.

Warum tat sie das immer? Verängstigte er sie? Sie war zweifelsohne jung und möglicherweise hatte sie noch nicht viel Zeit draußen in der Gesellschaft gehabt. Was machte sie so schüchtern?

„Was lesen Sie?"

Sie zuckte mit den Schultern. „Nichts von Bedeutung … "

Er hob seine Lippen zu einem Lächeln. „Es muss interessant sein, wenn es Sie so gefesselt hat. Lassen Sie es mich sehen." Garrick schnappte sich das Buch aus ihren Händen und las den Buchrücken. „Ein Sommernachtstraum." Er hob eine Braue an. „Warum würden Sie verstecken, dass Sie das lesen?" Einige glaubten es sei romantische Faselei, aber es war harmloses Lesematerial.

Sie zuckte mit den Schultern. „Einige verstehen nicht warum ich es liebe zu lesen."

Er begriff nicht warum. Es gab nichts Falsches daran, dass ein Mädchen Bücher mochte. Garrick seinerseits mochte diese nicht, aber er las dennoch eines von Zeit zu Zeit. Das Stück von Shakespeare war tatsächlich eines seiner Favoriten. „Welcher Charakter ist Ihr liebster?"

Miss Knight knabberte auf ihrer Unterlippe. Er fand das ganz und gar hinreißend. „Ich vermute ich sollte eigentlich Helena oder Hermia mögen—zumindest mich mit ihnen auf irgendeiner Ebene identifizieren, da sie junge verliebte Frauen sind."

Er zuckte mit den Schultern. „Ich sehe nicht, was das eine mit dem anderen zu tun hat. Sie haben das Recht den Charakter zu mögen, welchen auch immer Sie möchten." Er zwinkerte. „So lange Sie mir erklären, warum Sie diesen mögen. Sie haben meine Neugier geweckt."

„Ich mag Puck", sagte sie verlegen. „Er ist so lustig und spitzbübisch. Ich wünschte ich könnte in mancherlei Hinsicht wie er sein. Nicht ein einziges Mal hinterfragt er, ob er etwas tun sollte. Er tut es, egal welche Konsequenzen es hat. Darin steckt ein gewisser Mut." Sie zuckte mit den Schultern. „Oder Dummheit. So oder so wäre es entzückend sorglos zu sein. Er hat Fehler gemacht, aber er hat sie anerkannt. Schlussendlich ist er der Grund, dass die beiden Paare die Liebe gefunden haben, nach welcher sie gesucht haben."

Sein Mundwinkel zuckte. Sie war klug und wunderschön.

Es war eine entzückende Kombination. „Eigentlich bewundere ich den Elf ebenfalls", stimmte er zu. „Er ist gewitzt und liebt Spaß."

Sie lächelte ihn warm an. „Menschen mögen es normalerweise nicht mit mir über Bücher zu reden. Vielen Dank, dass Sie so nett sind."

Er runzelte die Stirn. Nettigkeit hatte nichts damit zu tun. Garrick gab ihr das Buch zurück. Sie war die ganze Zeit, die sie im Manchester Castle gewesen war, ruhig gewesen. Dies war die längste Unterhaltung, die er mit ihr geführt hatte. „Wenn Sie sich nicht so sehr hinter Büchern verstecken würden, könnten Sie entdecken, dass es mehr in der Welt gibt, das auf Sie wartet."

„Das bezweifle ich, my Lord", sagte sie. „Ich bin nicht beachtenswert genug. Das ist in Ordnung. Ich habe akzeptiert, dass ich dazu bestimmt bin ein Mauerblümchen zu sein."

„Das ist lächerlich", sagte Garrick und legte das Buch auf einen nahestehenden Tisch. „Was bringt Sie dazu, dass Sie so wenig von sich halten?"

Miss Hannah Knight war ein entzückendes Mädchen und es war eine Tragödie, dass sie sich selbst für leicht zu vergessen hielt. Er wollte etwas für sie tun, so dass sie besser von sich selbst denkt. Andernfalls würden sie völlig über sie trampeln, sobald sie in die Gesellschaft eintritt, und ihr zerbrechliches Ego noch zerfetzter zurücklassen.

„Ich spreche die Wahrheit", antwortete sie. „Niemand bemerkt mich. Es kommt selten vor, dass es überhaupt jemand versucht. Bücher sind die besten Freunde, die ich jemals hatte."

Das war traurig und jetzt musste er etwas zu tun, um ihre Einstellung zu ändern. Es war beschlossen, die einzige Frage war, was. Sie war exquisit und sollte sich noch nicht selbst in die Rolle des Mauerblümchens stecken.

„Ich sehe, dass Sie nicht wissen, was Sie darauf antworten sollen", sagte sie, während sie aufstand. „Machen Sie sich keine Sorgen wegen mir. Es wird alles in Ordnung kommen. Ich muss nicht heiraten um glücklich zu sein. Es ist vollkommen in Ordnung die Liebe seines eigenen Lebens zu sein. Ich definiere mich nicht selbst darüber, was andere von mir denken." Ihr Mundwinkel neigte sich nach oben. „Wahrlich, ich mag wer ich bin."

Sein Mund klappte vor Überraschung auf. Sie war keck und er mochte sie, je mehr er mit ihr sprach. „Ich bedaure, dass ich nicht hier sein werde, um Sie zu sehen, wenn Sie in der Gesellschaft debütieren, Elfe."

„Sie werden nicht viel verpassen", sagte sie verlegen und blickte auf, um seinem Blick zu begegnen. „Mir wurde gesagt, dass Sie in den Krieg ziehen werden."

Er nickte. Zum ersten Mal bereute er diese Entscheidung beinahe. Garrick hatte nicht gelogen. Er würde traurig darüber sein, dass er bei ihrem Debüt nicht hier sein konnte. „Das werde ich. Am Tag nach der Hochzeit meines Bruders."

Sie nickte feierlich. „Pflicht ist eine schwer zu tragende Bürde. Ich bete, dass Sie sicher zu uns zurückkehren."

Garrick wollte diese Aussage ergänzen. Er wollte sicher zu ihr zurückkehren. Sie war ein Enigma, das er lösen wollte, und zur gleichen Zeit nie gänzlich zu ergründen hoffte. Etwas in ihr sprach ihn an und er konnte seinen Finger nicht darauf legen. Sie begann wieder an ihrer Unterlippe zu knabbern. Er musste sie küssen. Es war wahrscheinlich falsch, aber eine kleine Kostprobe würde niemandem schaden.

Er lehnte sich hinab und presste seine Lippen auf ihre. Ein Funke schoss bei der Berührung durch ihn. Sie japste und ihr Atem vermischte sich mit seinem. Perfekt—sie war alles, was er nie gedacht hatte, dass er es für sich selbst haben wollte, und was er nicht in der Lage war für sich zu beanspruchen. So sehr er es auch wollen würde, er konnte Miss Hannah Knight nicht zu seiner machen. Garrick war nicht die Sorte, den die Damen heirateten. Er war zu ruhelos und hatte Mühe damit sich niederzulassen. Mit der Fußfessel der Ehe an ihn gebunden zu sein, würde ihr nur Kummer bringen. Er würde ihr das niemals antun.

Garrick trat zurück bevor er etwas noch Törichteres tun konnte. Was getan wurde, war nicht irreparabel. Sie konnten voneinander weggehen, da kein wahrer Schaden verursacht worden war. Zumindest keiner, der mit bloßem Auge gesehen werden konnte—sein Herz würde niemals wieder dasselbe sein.

„Ich hätte das nicht tun sollen. Vergeben Sie mir", sagte er.

Sie führte ihre Hand an ihre Lippen und nickte geistesabwesend. „Natürlich." Miss Knight blickte zu ihm hinauf und lächelte. „Bitte entschuldigen Sie mich, my Lord. Ich muss mich für das Abendessen richten."

Mit diesen Worten brauste sie an ihm vorbei, ihr Duft erfüllte ihn. Er prägte sich dies für die kommenden langen Nächte ein. Es war eine Erinnerung, die ihn für viele kommende Jahre verfolgen würde, so sehr er sie auch wertschätzte. Miss Hannah Knight würde von seinen Gedanken nie wieder weit weg sein.

KAPITEL 1

Zehn Jahre später ...

Hannah wachte mit einem Ruck auf. Ihr Herz schlug rasch in ihrer Brust. Etwas war nicht richtig ... Sie blickte sich erstaunt in ihrem Zimmer um und nahm von allem Notiz. Nichts, das sie sehen konnte, war fehl am Platz. Die Betttücher waren um ihre Beine gewickelt. Sie schob diese weg und hüpfte von ihrem Bett. Eine knarrende Holzdiele hallte im Korridor, deutete darauf hin, dass jemand nahe war.

„Wer ist da?", rief sie aus.

Ihre Schlafzimmertüre schwang auf und schlug hart gegen die Wand. Eine große Gestalt füllte den Eingang aus. Hannahs Atem wurde schwerer und das Schlagen ihres Herzens füllte ihre Trommelfelle. Sie blickte sich in ihrem Zimmer nach einer Waffe um. Nichts stach als nützlich heraus. Sie würde ermordet werden oder Schlimmeres ... Ein großer Wälzer lag auf dem nahestehenden Tisch. Mit schnellen Bewegungen griff sie danach und schwang ihn gegen ihren vermeintlichen Angreifer. Er grunzte, als dieser ihn am Kopf traf und sackte auf dem Boden zusammen.

„Gott, Hannah", sagte der Mann. „Ich habe immer gewusst, dass deine fürchterliche Buchsucht der Tod eines ahnungslosen Mannes sein würde, aber ich habe nie gedacht, dass ich derjenige wäre."

„John?", sagte sie verwirrt. „Was tust du in meiner Kammer?"

„Deiner Kammer?" Er lachte. „Das ist nun mein Haus. Nichts darin gehört dir."

Das gab ihm dennoch nicht das Recht ihr Zimmer zu betreten. Oder? Oh verflixt, wahrscheinlich tat es das. Warum haben sie ihre Eltern alleine gelassen bei solch einem Schuft mit der Obhut über ihr Leben? Deren Tod hat in ihrem Leben auf mehr als nur eine Weise Lücken hinterlassen. Zumindest war er nicht wirklich ihr Vormund. Der Anwalt verwaltete ihr Erbe und bewilligte zu wieviel Geld sie Zugang hatte, bis sie ihr dreißigstes Jahr erreicht hat. Noch vier Jahre mehr und sie müsste nichts mehr mit ihrem Cousin zu tun haben.

Sie würde für eine Kerze töten, um besser in der Dunkelheit sehen zu können. John Witt, ihr Cousin und der neue Viscount Redding, hatte es als nicht wirtschaftlich erachtet, dass sie eine hatte. Er sagte, dass er keine unnötigen Gelder an sie verschwenden würde. Sie war bereits zu teuer zum Füttern und er hatte den Anwalt nach weiteren Geldern gefragt, um sie zu füttern. Der Anwalt hatte mit einem ernsten Brief und einer Aufstellung darüber, wie viel es exakt für Hannahs Unterhalt sein sollte, geantwortet. John war nicht glücklich darüber gewesen und ließ es auf jede mögliche Weise an ihr aus. Deshalb das Fehlen einer Kerze ... Hannah ging durch den Raum und zog die Vorhänge weit auf, um Licht vom Mond hereinzulassen. Es überraschte sie, als sie herausfand, dass die Sonne bereits am Himmel aufzugehen begann. Man auf konnte John zählen, dass er sie bei Beginn der Dämmerung weckte.

Sie wandte sich ihm zu und hob ihr Kinn. „Wünschtest du mit mir über etwas zu sprechen, dass du mich so früh geweckt hast?"

„Ja", er rieb sich den Kopf. „Heute ist der letzte Tag, an dem du in meinem Haus verweilst. Pack deine Sachen und sei zum Mittagsmahl verschwunden."

Ihr Mund klappte vor Schock auf. Wie konnte er es wagen ... „Aber der Anwalt hat dir bereits meine Bezüge für dieses Quartal gegeben. Wie soll ich denn leben?"

„Das ist nicht mein Problem und dankenswerterweise du

auch nicht. Sei nicht mehr in diesem Haus, wenn ich zurückkehre, oder du wirst es bereuen."

Dieser grässliche, grässliche Mann—sie hasste ihn so sehr. Warum hat nicht ein anständiger Mann den Titel ihres Vaters erben können? Sie hatte wenig Auswahl und keine Idee, wo sie hingehen sollte. Ihr Taschengeld würde ihr nicht lange ausreichen und sie hatte drei weitere Monate, bis der Anwalt mehr Gelder freigeben würde. Alles, was sie besaß, war in ihrem Zimmer in der Redding Manor. Alles von Wert war abgelöst worden, als John übernommen hatte. Zumindest hatte er kein Recht auf ihr Geschmeide oder ihre Kleidung. Sie konnte etwas davon verkaufen, wenn sie es musste.

„Ich bereue nur, dass wir auf irgendeine Weise das gleiche Blut teilen", spie Hannah aus. „Du bist ein niederträchtiger Mann und ich bin froh, dass ich dich nie wieder sehen muss."

„Du Miststück", sagte er und ohrfeigte sie. „Dafür will ich, dass du verschwunden bist bevor wir unser Fasten brechen. Ich werde kein weiteres Essen an deinesgleichen verschwenden." Er grinste höhnisch. „Die Welt braucht keine Blaustrumpf[1]-Mauerblümchen mehr. Kein Wunder, dass du keinen Ehemann finden konntest."

Er drehte sich auf dem Absatz um und verließ den Raum. Hannah hob ihre zitternde Hand und wischte über ihren Mund. Ein Tropfen Blut fiel auf ihre Fingerspitze. Was hatte sie getan? Ihr Mund hat sie wieder in Schwierigkeiten gebracht. Zeit war von äußerster Wichtigkeit und ihre lief schnell ab. Sie zog einen Koffer heraus und begann ihn mit all ihren Gegenständen zu füllen. Sie faltete ihre Kleider, ihr zusätzliches Unterkleid und ihre Unterwäsche. Sie hatte drei Tageskleider und eine Abendrobe. Sie hatte nicht oft Gäste und Bälle—niemand lud sie mehr zu diesen ein. Ihr Schmuck und ihre kleineren Gegenstände kamen zuletzt hinein. Sie ließ eines ihrer Tageskleider draußen um es anzuziehen. Die letzten Dinge, die sie in den Koffer gab, waren ein Miniaturgemälde ihrer Eltern und einen Stapel Briefe. Dies waren ihre kostbarsten Gegenstände.

Hannah beließ ihr Haar in einem langen geflochtenen Zopf, der ihren Rücken herunterfiel. Es war keine Zeit es ordentlich herzurichten. Es musste genügen, bis sie herausgefunden hat wohin sie gehen würde. Sie zog sich schnell an und schleppte dann ihren Koffer oben an die Treppe. Wie sollte sie es schaffen ihn irgendwohin außerhalb des Hauses zu bekommen? Sie starrte die Stufen herab und kaute auf ihrer Unterlippe. Es schien unmöglich.

„Miss Hannah", eine tiefe Stimme füllte ihre Ohren. „Was tun Sie denn da?"

Hannah drehte sich, um in die freundlichen Augen des Butlers zu blicken. Viele der Angestellten hatten gekündigt, oder waren von John entlassen worden. Der einzige ursprüngliche Diener, der übrig geblieben war, war Grimly. „Der neue Viscount kann sich nicht mit mir abgeben. Mir wurde mein Marschbefehl gegeben."

„Dieser …" Sein Gesicht war zerknirscht und er flüsterte leise etwas vor sich hin. Hannah wusste es besser, als dass sie fragen würde, was er gerade gesagt hatte. „Wo gehen Sie hin?"

Sie zuckte mit den Schultern. „Ich versuche noch herauszufinden, wie ich auf eigene Faust den Koffer die Treppe herunter bekomme."

„Ich übernehme das für Sie. Lassen Sie mich auch eine Kutsche für Sie beauftragen."

Hannah lächelte ihn an. „Ihm wird das nicht gefallen. Du könntest für den Ungehorsam gegenüber seiner Anweisungen deinen Posten hier verlieren."

Sie wollte nicht dafür verantwortlich sein, dass Grimly seine Anstellung verlor. Es gab keinen Ort, wo er hingehen könnte, und ein Bediensteter würde ohne Empfehlungsschreiben in keinem anderen Haushalt angestellt werden. Die Gesellschaft war grausam und ignorierte jene, die Hilfe am nötigsten hatten.

„Der einzige Grund, warum ich so lange geblieben bin, war um auf Sie aufzupassen", sagte er. „Wenn Sie gehen, gehe ich auch. Abgesehen davon werden Sie jemanden bei sich brauchen, wo auch immer Sie hingehen."

Hannah lächelte traurig. „Du bist ein Schatz, aber du weißt, dass ich dich nicht bezahlen kann. Ich weiß noch nicht einmal wo ich hingehe."

Ein Einfall bildete sich in ihrem Geist, während sie dies sagte. Es gab einen Ort, an welchen sie gehen konnte. Lady Manchester würde ihr helfen, wenn sie zum Schloss ging. Sie war immerhin ihre Patentochter. Warum hatte sie nicht schon eher daran gedacht.

„Ich frage mich, ob John seine Kutsche vermissen würde, wenn diese für ein paar Tage fehlt …"

Grimlys Lippen neigten sich nach oben. „Kümmert es Sie, falls er das tut?"

Sie zuckte mit den Schultern. „Nicht besonders. Lass uns eine der nicht gekennzeichneten nehmen. Ich würde nicht eine mit dem Familienwappen darauf nehmen wollen und es ihm damit leichter machen uns nachzujagen."

Der Butler schnappte ihren Koffer und hievte ihn über seine Schulter. „Wohin gehen wir?"

„Die Wildnis von Kent", sagte sie glücklich. Das letzte Mal, als sie dort gewesen war, war zehn Jahre her und es war eine ihrer glücklichsten Zeiten ihres Lebens gewesen. Unglücklicherweise war die Person, die diese so glücklich gemacht hatte, nicht mehr dort, aber das machte nichts. Es war ihre letzte Hoffnung und sie würde sie ergreifen.

~

GARRICK RIEB SEINEN SCHENKEL MIT SEINER HAND UND ZOG VOR Schmerz eine Grimasse. Der Säbel der hineingeschnitten hatte, hatte sein Mal hinterlassen und die Muskeln brannten von Zeit zu Zeit noch immer. Besonders wenn er mehr ritt, als er sollte … Das Pferd, auf dem er saß, schnaubte und schüttelte seinen Kopf. „Jaah ich weiß", antwortete er geistesabwesend. „Ich bin dieser Reise auch müde."

Sie waren seinem Familiensitz nahe. Er freute sich nicht sonderlich darauf zurückzukehren. Er war unter glücklicheren Umständen gegangen und kehrte nun zu miserablen zurück. Als er sein Offizierspatent erkauft hatte, hatte er nie gedacht, dass er jemals die Verantwortlichkeiten der Grafschaft übernehmen müsste. Sein Bruder hätte im vergangenen Jahrzehnt zumindest einen Sohn haben sollen. Hatte er das? Nein, natürlich nicht. Dann hatte dieser Bastard auch noch sterben müssen. Er konnte es immer noch nicht glauben. Nathaniel war tot und begraben. Als der Brief ihn ausfindig gemacht hatte, war es sechs Monate her gewesen und er hatte ein weiteres halbes Jahr gebraucht um zurückzukehren. Er war im Kampf verletzt worden und hatte Zeit zum Heilen gebraucht. Seine Mutter hatte ihm danach noch einmal geschrieben, rügte ihn für seine Langsamkeit seine Verantwortlichkeiten aufzunehmen. Er freute sich nicht besonders darauf die gleiche Tirade persönlich zu hören.

Garrick trat mit seiner Ferse in die Seite des Pferds und das Pferd begann wieder zu traben. Ein paar weitere Meilen und er wäre wieder Zuhause. Dann würde er mehr zu bestreiten haben, als ihm lieb war. Sein Körper war ermattet, aber nicht so sehr, wie es seine Seele war. Der Krieg hatte sich tief in sein Inneres gegraben und ihn auf Weisen verhärtet, die er niemals für möglich gehalten hätte.

Die Entfernung zwischen ihm und dem Schloss fiel weg und es erhob sich am Horizont. Es war ein wunderschöner Anblick anzusehen. Sogar er musste das zugeben. Es war eine Fantasie, die von den Seiten eines Geschichtenbuchs zum Leben erwacht war. Wäre er eine schrullige Person gewesen, hätte es sein Herz erwärmt. Stattdessen erfüllte es ihn mit Zorn, wie er ihn noch nie zuvor erfahren hatte.

„Hol dich der Teufel, Nate", brüllte er. „Warum hast du gehen und sterben müssen?"

Es schmerzte ihn in diesem Moment mehr, als es das jemals zuvor getan hatte. Sein Tod hatte bis zu diesem Moment nicht real geschienen. Sein Zuhause zu sehen hatte ihn mit einem unerwarteten Schlag in die Realität befördert. Es war Zeit seiner Familie entgegenzutreten und sie wiederherrichten, wie auch immer er es konnte. Er pfiff und drückte sein Knie in das Pferd, um anzuzeigen, dass er wollte, dass es schneller lief. Das Pferd startete und eilte mit halsbrecherischer Geschwindigkeit auf das Schloss zu. Der Wind fühlte sich gut auf seinem Gesicht an und erfüllte ihn mit einem Hochgefühl, wie er es seit langer Zeit nicht mehr gefühlt hatte. Sein blendendes Bedürfnis hatte ihn abgelenkt und er sah die Kutsche nicht, bis es zu spät war. Das Pferd peitschte vorbei und der Fahrer verlor die Kontrolle. Die Kutsche kippte auf die Seite und krachte einen der Hügel hinab. Die Befestigung an den Pferden war weggerissen und sie hatten freien Lauf.

„Verdammt", rief Garrick. Das war alles seine Schuld. Wann würde er es endlich lernen?

Er verlangsamte sein Pferd und rannte zur Kutsche. Der Fahrer war von der Kutsche gefallen und in Sicherheit gerollt. Die Frau im Inneren jedoch war bewusstlos geschlagen. Sie war ein Wirrwarr aus braunem Haar und Musselin. Er zog sie aus der Kutsche heraus und sog tief Luft ein.

„Hannah", flüsterte er.

Gott, lass sie bitte lebendig sein … Er atmete einen erleichterten Seufzer aus, als er sah, wie sich ihre Brust hob und senkte.

„Wir müssen sie zum Schloss bringen", sagte der Mann. „Und nach einem Arzt rufen."

Garrick nickte. „Ich nehme sie auf mein Pferd. Das wird schneller sein. Sobald ich auf seinem Rücken bin, reich sie mir hoch."

Der Fahrer nickte. Garrick hüpfte zurück auf sein Pferd und streckte sich nach Hannah aus. Er hätte sie töten können. Wenn sie gestorben wäre—er hätte sich das nie vergeben. Sie war das einzige Strahlende in seinem Leben und er würde lieber sterben, als sie zu verletzen. Er ließ sie bequem in seine Umarmung gleiten und bedeutete dem Pferd zu traben. Zumindest waren sie dem Schloss nahe. Als er davor anhielt, schwang die Türe unverzüglich auf. Der Butler kam heraus und verbeugte sich.

„My Lord", sagte er. „Es ist schön Euch wiederzusehen."

„Ich habe keine Zeit, Bentley. Hilf mir mit ihr, sie wurde verletzt."

Der Butler reagierte unverzüglich und half Garrick mit Hannah. Sie brachten sie in ein Zimmer ein Stockwerk höher und legten sie auf ein Bett. Sie war so weiß …

„Rufe unverzüglich einen Arzt herbei", sagte er.

„Ja, my Lord", sagte Bentley und verließ das Zimmer.

Seine Mutter stürmte in das Zimmer. „Was hast du jetzt getan?"

Garrick zuckte angesichts des Tons in ihrer Stimme zusammen. „Nicht jetzt Mutter. Ich habe keine Zeit für einen Vortrag."

Hannah war wichtiger als alles, was seine Mutter zu ihm sagen konnte. Sie musste leben und er würde dafür sorgen. Auch wenn es das Letzte ist, was er tat. Ohne sie hätte er den Krieg möglicherweise nicht überlebt.

Sie blickte auf das Bett und japste. „Ach du meine Güte, es ist Hannah. Was hat sie hier gemacht?"

„Du hast sie nicht erwartet?"

Sie schüttelte den Kopf und runzelte die Stirn. „Ich bin allerdings nicht überrascht. Beide ihrer Eltern sind jetzt verstorben und der Cousin, welcher den Titel geerbt hat, ist ein Nichtsnutz." Sie seufzte. „Ihre Mutter ist vor Jahren gestorben und ihr Vater ist letztes Jahr verschieden. Es war nur eine Frage der Zeit, bis sie hierher kam. Ich hätte nach ihr schicken sollen, aber mit Nates Tod …"

Arme Hannah. Jeder, der ihr auf der Welt wichtig war, war nicht mehr da und jene, auf welche sie sich üblicherweise verließ, hatten sie verstoßen. Er hätte früher heim kommen sollen—sein Offizierspatent verkaufen und nach Hause kommen. Vielleicht hätte er etwas für sie tun können. Er würde ihr jetzt helfen. Es war das Mindeste, was er dafür tun konnte, dass er sie beinahe durch seine Rücksichtslosigkeit umgebracht hatte.

„Ich habe nach einem Arzt rufen lassen", sagte Garrick. „Kannst du dich zu ihr setzen, bis er kommt? Es ist nicht richtig, dass ich im Zimmer bin."

„Natürlich", seine Mutter nickte. „Du bist gerade erst gekommen, ruh dich aus. Ich lasse es dich wissen, wenn der Arzt fertig ist."

Garrick machte auf dem Absatz kehrt und verließ das Zimmer. Er hatte eine Menge Fragen, aber die konnten warten. Er wollte wissen, warum Hannah vor ihrem Cousin floh und sobald er alle Antworten hatte, würde er diesem Mann einen Besuch abstatten. Wenn er ein anständiger Verwandter wäre, hätte er besser auf sie aufpassen sollen. Garrick wollte Blut und war sich nicht zu schade nach Gerechtigkeit zu trachten.

---

1. „Blaustrumpf" war gegen Ende des 18. und im 19. Jahrhundert ein Schimpf- und Spottname für Frauen, die dem zeitgenössischen Frauenbild widersprachen und als unweiblich galten. Das beinhaltete nach Emanzipation strebende und intellektuelle Frauen.

ÜBER DEN AUTOR

USA TODAY Bestseller-Autor, DAWN BROWER schreibt historische und zeitgenössische Liebesromane. Sie hat immer Geschichten in ihrem Kopf; sie hatte einfach nie gedacht, dass sie sie zum Leben erwecken könnte. Diese Kreativität hat endlich einen Weg gefunden.

Sie ist als einziges Mädchen von sechs Kindern aufgewachsen. Sie ist eine alleinerziehende Mutter von zwei Jungen im Teenageralter; es gibt nie einen Augenblick der Langeweile in ihrem Leben. Bücher zu Lesen ist ihr Lieblingshobby und sie liebt alle Genres.

Für weitere Informationen über kommende Ausgaben oder Kontaktinformation von Dawn Brower gehen Sie auf ihre website: authordawnbrower.com

BÜCHER VON DAWN BROWER

Broken Pearl
Deadly Benevolence
A Wallflower's Christmas Kiss
A Gypsy's Christmas Kiss
Schneeflocken Küsschen

Marsden Romances
A Flawed Jewel
A Crystal Angel
A Treasured Lily
A Sanguine Gem
A Hidden Ruby
A Discarded Pearl

Marsden Descendants
Rebellious Angel
Tempting an American Princess

Novak Springs
Cowgirl Fever
Dirty Proof
Unbridled Pursuit
Sensual Games
Christmas Temptation

Linked Across Time
Saved by My Blackguard
Searching for My Rogue
Seduction of My Rake

Surrendering to My Spy
Spellbound by My Charmer
Stolen by My Knave
Separated from My Love
Scheming with My Duke
Secluded with My Hellion

Bluestockings Defying Rogues
When an Earl Turns Wicked
A Lady Hoyden's Secret
One Wicked Kiss
Earl in Trouble
All the Ladies Love Coventry
One Less Scandalous Earl

Scandal Meet Love
Love Only Me (Amanda Mariel)
Find Me Love
If It's Love (Amanda Mariel)
Odds of Love

Heart's Intent
One Heart to Give
Unveiled Hearts
Heart of the Moment
Kiss My Heart Goodbye
Heart In Waiting

Broken Curses
The Enchanted Princess
The Bespelled Knight
The Magical Hunt

Ever Beloved

Forever My Earl

Always My Viscount

Infinitely My Marquess

Eternally My Duke

Begin Again

There You'll Be

Better as a Memory

Won't Let Go

EINE REZENSION ODER EMPFEHLUNG MACHT VIEL AUS!

Eine Rezension oder Empfehlung macht viel aus!

Rezensionen sind für jeden Autor sehr wichtig, um erfolgreich zu sein. Wenn Ihnen dieses Buch gefallen hat, bewerten Sie es bitte online und empfehlen Sie es weiter.

schreibe bitte eine Rezension

So können auch andere auf dieses Buch aufmerksam werden und der Autor kann Sie weiterhin mit Lesestoff versorgen.

Wir wissen Ihre Hilfe sehr zu schätzen!